Del Laberinto a la Felicidad
en *Carmín*

Claudia Llerena

Si la rosa que te entrego simboliza
algo importante para tí, guárdala en
un sitio especial y no la dejes de regar,
para que se mantenga eternamente
fresca y, con su aroma, agregue esa
esencia que siempre te hará ser feliz...

Del Laberinto a la Felicidad
en *Carmín*

Claudia Llerena

Consejo Editorial

Autora y editora
Claudia Maria Llerena Arce

Segunda edición 2017

Diseño gráfico: Diego Brito Telles
Diseño e-book: Hugo Guardado
Portada: José Roberto Llerena Arce
Ilustraciones: Hugo Martínez Acuña
Ilustración rosa: Rolando Eduardo Morán
Consultor: Francisco Domínguez

Sitio web: www.claudiallerena.com
Blog: blog.claudiallerena.com
Correo electrónico: claudiallerenaa@gmail.com

ISBN 978 99961 0 807 5

San Salvador, El Salvador, C.A. 2017

La vida da mil vueltas, es un inmenso jardín laberíntico… que si lo evitas, te encontrarás con otro que tiene más recovecos y se hará más largo y extenuante. Vive este laberinto donde empieza la verdadera historia de una joven que persigue a la felicidad que un intruso le robó… Todos y cada uno hemos experimentado frustración y ante el dolor, a veces nos enfrascamos y no vemos lo que acontece alrededor, perdemos la óptica de la oportunidad que se nos abre para encontrar ese tesoro, que siendo tan importante, a veces olvidamos en el sótano y que debe morar a nuestro lado.

Te invito a viajar tu propio recorrido, con la compañía de *Carmín*.

En cada vereda del camino, ella te facilita esa posibilidad de conectar con la emoción dormida que cobra vida en ti, cuando algo se parece a una experiencia que todavía duele… y has de transformar.

Si hay dolor, escaparse de ello lo hará más intenso aún… Si hay ira contenida, los remolinos del laberinto de tu vida que recorrerás con ella, te enseñarán otras salidas. Si existe la tristeza, llorar esa lágrima en compañía del diario de *Carmín*, cambia la perspectiva. Si hay resentimiento y soledad, vivirlos y conectarte con cada pétalo que te lanza el colibrí, al que Carmín quiere desplumar, te hará adéntrate en tu verdad y, no te lo pierdas, conoce aún más de cerca a tu Consciencia, es una lamparita que nunca has de soltar.

¡Encuéntrate y vive con *Carmín*, tu propio viaje!

CLAUDIA LLERENA

«Apenas ayer pensé que yo era un fragmento
vacilante, sin ritmo, en la esfera de la vida.
Ahora sé que soy la esfera y que toda mi vida
se mueve en rítmicos fragmentos dentro de mí».

GIBRÁN JALIL GIBRÁN

Cuando la visualicé frente al copioso laberinto, sentí la necesidad de pronunciar: «¡Detente, Carmín!». Sin embargo, cuando lo iba a hacer, una puerta de bejucos me lo imposibilitó... Tuvieron que transcurrir muchos años para volver a encontrarla y, ahora que la tengo, nunca la dejaré escapar.

Es lo más preciado... como también lo son mi Claudia, mi Arturo José y mi Marialicia, a quienes se ha sumado nuestra pequeña Daniela.

La autora

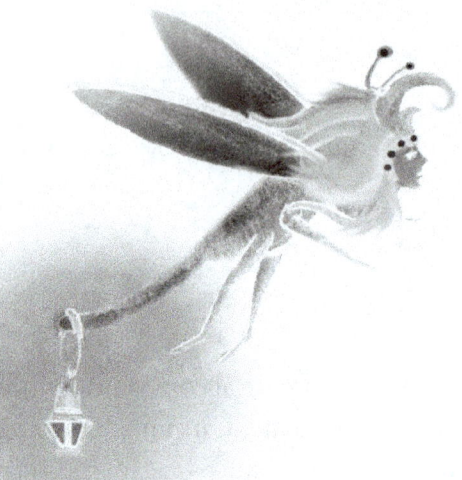

Mi infancia

A la hora de la cena, tres hermanos disfrutaban del sabor de los platos que su madre en la mesa gentilmente les servía, mientras la menor de ellos, y de buen apetito, se repetía otra porción más de esa pasta que, simulando las letras de nuestro alfabeto, la hacían inventar nuevas palabras sobre el plato y escribir el vocablo «Abracadabra». Esas consonantes y vocales, sobre las que rociaba una salsa de jugosos tomates con algunas yerbas frescas recién cortadas, dejaban ver al fondo unas albóndigas rellenas que legaban a aquella suculenta comida un sabor exquisito y casi mágico. Mientras todos la saboreaban y sumergían los pedazos de buen pan en tan delicioso recaudo, sus padres conversaban sobre un libro de magia, el que empolvado encontraron en una caja antigua de lustrar zapatos. Comentaban, en la sobremesa de aquella maravillosa comida departida, acerca de la obra llena de polvo que habían descubierto, la que ofrecía una buena receta de un mago, quien sugería preparar un brebaje para generar risas en los habitantes de su comarca, donde la guerra había aniquilado el alma de sus habitantes… Durante la hora del café y siempre en la misma estancia, su padre, hombre de buen humor, simulaba un embrujo que caía sobre los tres muchachos, quienes respondían al unísono cual si fueran hechizados con el preparado que, espontáneamente, los hacía vibrar de felicidad.

Entre tan buenos comensales, había una niña juguetona y también un tanto misteriosa… Por las tardes, muchas veces disfrutaba de su juego favorito, inundar esos arriates que, sembrados de gardenias a la orilla de aquel patio, destilaban rica esencia. Sobre ellos colocaba una manguera y, de pronto, jugueteaba con los monos, las jirafas, con enormes elefantes, las culebras que prendía en los arbustos, y en el fondo del pantano que ella creaba, sumergía con misterio a los lagartos. Recogía gruesas estacas, las que, amarradas con los tallos de las plantas, nos recuerdan a las barcas que cruzan sobre el grandioso río Nilo. Escogía al más valiente de su ejército de buen plástico y en aquella travesía por la cuenca tan copiosa de «aquel río», aunque en algunas ocasiones esa balsa sucumbía, nadie moría.

Otras veces, lo que hacía era subirse al tejado de su casa y escondida con cautela, para que nadie la viera, les lanzaba a sus hermanos intergalácticos los mensajes con los dedos de sus manos, simulando ser antenas, y cuenta ella que bajaban a traerla. En sus viajes espaciales disfrutaba de esos seres especiales viendo estrellas y saltando de una en una en la galaxia. Visitaba sus hogares de cristal y, antes de entrar, se debía quitar sus zapatillos rojos de amarrar. Lo que a ella le encantaba era poder platicar con la Osa Mayor, quien según narra es muy sabia y cuenta las más bellas historietas. Y entonces recuerda una de ellas, esta tiene lugar en un planeta muy lejano, donde sus habitantes caminan de cabeza en lugar de usar sus piernas. Resulta que un día, un niño intergaláctico que quería conocer cómo vivían los humanos se fue al observatorio de sus padres y, a través de un tubo que tenía grandes ojos color cuarzo y una gran inteligencia, fue traído unos minutos a la Tierra. Ella nos solía narrar que, al volver a su planeta y después de tan maravillosa experiencia,

él pasaba largas horas ensayando caminar de pie, en lugar de hacerlo por medio de su cabeza, y a la Osa Mayor le parecía tan gracioso verlo dando vueltas por doquier, que lanzaba carcajadas contagiando a todos los habitantes del grandioso Universo.

Narra Carmín, nuestra amiga de tan bonita historia, que al llegar a otros planetas caminaba entre canales transparentes que decoran con rubíes y esmeraldas, donde habitan mariposas que lanzan luz violeta y entonan unas notas musicales que alegran a todos los habitantes del espacio. Allí mismo se encontraba con los bosques y veía que el más grande de los bálsamos le enseñaba a sus hermanos a lanzar hacia la Tierra esa esencia sanadora que genera bienestar. Esos viajes, según dice, eran fantásticos y, después de cada uno, ella recuerda que solía despertar en el piso de su casa, el que besaba aquel hermoso jardín donde un duende la esperaba. Cada vez que esto pasaba, usualmente se levantaba como un tanto extrañada de aquel viaje que la hacía sentir un poco ajena a la vida de su casa…

—Ay, Carmín, ya era hora… ¿Dónde diablos te has metido tanto rato? Tu mamá te ha buscado por toditas las estancias de la casa, se ha subido al árbol de mango, al limonero donde sueles trepar con tu bolsita de sal a comer de esos limones misteriosos con los que hablas. Ha buscado en la escalera de caracol, en la alacena y no ha encontrado huella alguna de las migas de galleta que tú dejas cuando llegas a comer las golosinas, y todo el mundo en la casa lo que grita es: «Carmín, ¿dónde te has metido?, Carmín…». Se subieron al tejado y encontraron varias tejas que has roto, han salido a la casa del vecino a preguntar si estás allí…

—No te aflijas, amiguito, te aseguro que no han visto si yo estoy en el baúl que han olvidado desde hace tantos años.

¿Sabes qué?, les diré que jugaba escondelero con la muñeca de trapo y que no podía contestarles, porque entonces ella me iba a encontrar…

—¡Al fin te encuentro, Carmín! Te he buscado en todas partes, atrás del muro del vecino donde está el cementerio donde entierras a los pollos que fenecen, donde yace aquel perico que solía despertar a todito el vecindario, donde llevas a zompopos, a gusanos, lagartijas, y donde sueles invitar a tus amigos al sepelio que, entre lágrimas, unos nardos y unas ramas de aquel mirto que yo tengo allá sembrado, les celebras con inmensa convicción de que ellos llegan a unos cielos despejados y a los propios de su clan. Me tenías preocupada, tanto así que he salido a preguntar a todito el vecindario y algunos me insistían: «¿Ya buscó en la quebrada, donde lanza sutilmente las piedritas y al oírlas un pez salta?, ¿ha ido a la cueva de aquel cerro, donde dicen los muchachos que a diario lo que lleva a los gnomos son los dulces caseros que usted suele elaborar de toronja, de papaya y de guayaba?, ¿o, a la fuente, la que según ella está encantada y la que siempre le conversa revelando grandes tesoros cada vez que se sumerge y que mete la cabeza?».

—Ay, mamá, yo lo lamento, no te quise afligir. Solamente jugaba un buen rato con mi amigo intergaláctico, si te cuento lo que hacía con Bují…

—Ven, Carmín, te he buscado porque he horneado aquel pan que sabes gozar, ve a lavarte esas manos, que lo han de tocar.

—Sí, mamá, ahora voy, aunque déjame invitar a Alejandro, quien feliz como todos, lo ha de querer saborear.

—Pero corre y no demores, por favor.

—Bien, mamá, aquí estamos de regreso, somos cinco, en vez de dos, el número tres es un zompopo volador, el cuatro es

un gato vagabundo del vecindario y el quinto es una luciérnaga, quien en las noches me ilumina si está oscuro. Si tú la vieras cómo me salva cuando aparecen por las noches dibujados sobre la puerta del armario los canguros de ojos color esmeralda, los que llevan en su cuerpo cráteres como los tiene la luna, los que llegan a mi cuarto para robarme y meterme dentro de sus bolsas, y también me libra de las boas constrictoras, que lo que desean es tragarme de un solo bocado. Ella llega cuando grito que me auxilien y, al poner su lamparita sobre el iris de sus ojos, ellos se esfuman, y por eso yo la traigo a disfrutar de este pan, porque anoche no durmió la pobrecita…

Los amigos de mi casa eran fantásticos. Las rosas germinaban al lado de mi ventana y una de ellas, con sus enormes pétalos, formaba lindas faldas para bailar en la fiesta que recibe a la primavera con un apuesto clavel que solía usar un elegante chaqué. En los bailes que usualmente celebraban se escuchaban lindos valses y verlos danzar al compás de ellos era todo un espectáculo. Su clavel era cortés, la tomaba finamente de su mano y, a la luz de aquella luna, la fragancia del cortejo terminaba en un festejo lleno de besos… tan tiernos. Con las notas musicales que llegaban sutilmente a mi aposento, despertaban las muñecas a bailar y, cuando mamá entraba, ellas de un solo se tiraban; entonces a mí me tocaba recoger esas montañas y el desorden que dejaban y, para no delatarlas, me callaba y, cuando ya las había colocado en una linda juguetera de piel blanca en la que ellas solían descansar, se volvían a tirar y de nuevo las tenía que arreglar… La verdad es que no se hacían responsables de sus actos y, al no hacerlo, me enojaban y, cuando esto sucedía, las metía castigadas por debajo de la cama, la que tenía un faldón que las dejaba en la oscuridad total. A las horas, o… quizás a los minutos, volando llegaba la consciencia hasta mi cuarto. Ella era minúscula, tenía aspecto igual al de un pequeño caballito de mar, aunque su cuerpo era teñido de dorado y, en vez de nadar, volaba con sus alas cortas, las que al moverse ágilmente desprendían un polvito que transformaba mi enojo y me hacía disculpar a mis muñecas, sacarlas del castigo y, al hacerlo, ellas y yo nos abrazábamos, como si nada hubiese sucedido.

En la casa de mi infancia había tantos libros y, entre ellos, al fondo de aquel mueble grande de papá, había uno que siempre que yo iba a llorar, salía de su eterno escondite a platicar. Se hacía transparente e invisible a los demás y, cuando llegaba a visitarme, era el único que verdaderamente me sabía escuchar. Nuestras conversaciones eran maravillosas... en sus páginas no había tinta escrita, lo que mi libro y yo hacíamos era que, mientras le narraba los episodios de mis desilusiones con las muñecas de aquellas largas trenzas, o con mis amigos de al lado de mi casa, de él aparecían tersas manos que secaban mis lágrimas, las mismas que dibujaban suaves trazos, los que como por arte de magia cobraban vida y se volvían hadas madrinas, sirenas voladoras, estrellas y cometas que, sin tener boca, hablaban y eran el antídoto a mis tristezas, porque claro que ir al lado de mis amigas las sirenas a sus maravillosas cuevas llenas de caracoles, ruedas de caballitos y de alegres estrellas me hacía gozar tanto, que a los minutos aquel llanto se había transformado en una alegría tan plena. Y es que, al brindarme tantos encantos, yo era la niña más feliz, así que aquel libro con una pasta fina celeste e invisible a los demás era mi confidente y el amigo entrañable de aquellos días de infancia.

En aquella casa donde una fuente situada al centro de aquel patio entonaba un sonido musical, crecí, y, aún ahora, tengo el

sabor grato en mi paladar de ese pan que mamá solía hornear... nunca más lo he de probar. Era de color dorado claro, su aroma reflejaba una parte de la receta. Era elaborado con buen queso, mantequilla de maní y llevaba algunas gotas escondidas de la miel que se extraía del colmenar y, entre algunos de sus secretos, recuerdo que ella solía cantar alegremente cuando lo preparaba pensando en nosotros y en papá. Con los años he intentado hacer un plagio de él, he inventado iniciar con las claras de los huevos bien batidas, le incorporo poco a poco, como ella lo decía, una a una cada yema, pero, pese a todo, no he podido hacerlo igual, y es que su receta tenía su propia sazón, su propia magia y nunca podré dejarlo tal cual ella nos lo hacía los días domingos para después de almorzar. El recuerdo del turrón que colocaba esponjoso sobre él, con el rayo de las naranjas recién cortadas del naranjal, dulcemente me acompaña hasta este día de mi vida.

Tengo huellas indelebles de los versos que solía declamar papá, como el de: «Margarita, está linda la mar, y el viento lleva esencia sutil de azahar...», de su libro tan preciado de Darío, de sus cuentos que, inventados, nunca concluían igual, de sus dulces y jocosas historietas, de cuando en aquel mismo arriate solíamos ser sembradores de una milpa jamás vista, porque de ella brotaban unos granos amarillos que formaban grandes mazorcas como ningunas otras, porque en ellos sembrábamos amor y grandes esperanzas y, en nuestros diálogos con ellos, aprendimos que la milpa tiene vida y nos escucha. Maravillosas memorias que guardo de mi infancia y que viajan a mi lado, recuerdos misteriosos que me llevan a rememorar cada Navidad, cuando solíamos encender las luces de Bengala que le daban magia a cada Nochebuena y, mientras con ellas iluminábamos aún más un cielo repleto de luces y de estrellas, esperábamos poder descubrir a los renos que traían el trineo con la bicicleta que por ser «niños muy bien portados», como decían papá y mamá, nos dejaría San Nicolás. Lo esperábamos con tanta ilusión, había tanta felicidad en el espíritu de esa noche, que nos mantenía bien despiertos hasta que, en una lucha titánica por vencer la presión de nuestros párpados, poco a poco nos entregábamos al mundo de los sueños, y sucedía que siempre durante ese capítulo venían los regalos, los que él nos solía dejar al lado de la cama tan lindamente arreglados... No había acabado de despertar el veinticinco de diciembre, cuando gritábamos al unísono: «Ya vino Santa, se comió las galletas que le dejamos; ¡pobrecito, tenía hambre! Le hubiéramos dejado más...». Ese día había un romance tan pleno con los mágicos juguetes que venían desde el Polo Norte. Si era una linda muñeca, comía al lado mío durante cada tiempo de comida; si era la patineta, su parqueo a la hora de comer «solo por esta vez», como decía mamá, era a la entrada del salón donde almorzábamos y, entre bocado y bocado, no les quitábamos la mirada, estábamos completamente enamorados de los juguetes nuevos que adornaban el ambiente de aquel hogar.

En la acera de la cuadra donde vivíamos y desde bien de madrugada, cuando todavía se escuchaba el ho, ho, ho de San Nicolás y a lo lejos se veía el trineo alejar, aparecían unos niños pedaleando muy contentos sus nuevos triciclos, patinetas, bicicletas; otros se miraban colocando los patines en sus pies, los que más tarde era gracioso ver tambaleándose con tanta gracia. Por supuesto, que también llegaban a la acera cochecitos que desfilaban bien vestidos con muñecas acabadas de nacer, las que reían muy contentas cuando sus madres abnegadas les

daban un suculento jugo de naranja, colocado en sus pachas, el que como por arte de magia se acababa y volvía a reaparecer. Y así pasábamos los días, hasta que llegaba el seis de enero, día en el que recibíamos a los tres Reyes Magos de Oriente, quienes con sus largas túnicas muy lindamente ataviadas sobre sus gigantes camellos voladores, nos solían llevar caramelos… malvaviscos… chocolates que tenían gran misterio, que volaron por los aires a camello… turrones de colores… y también algunas veces hasta pisto. En cuanto esto sucedía, llegaba «la tormenta» a tocar al dormitorio, al de mis hermanos y a los de todo el vecindario, y quien aparecía al abrir la puerta era el traicionero del mes de enero, el que se imponía rompiendo nuestro ensueño y, a hora bien temprana, nos llevaba de nuevo y como medio dormidos con los libros al colegio. Lo bonito de la escuela era que disfrutábamos de sus lindos recreos, sobre todo, cuando salíamos a jugar después de una buena llovizna a saltar de charco en charco y a empaparnos calcetines y zapatos; realmente eso es algo que, al rememorar, extraño. No ir a la misa diariamente era pecado, así que cada día nos poníamos una boina para taparnos la cabeza y convertirnos en casi novicias, cantando salmos, después de haber hecho travesuras… tan sanas.

Eternamente, la pelota de baloncesto me acompañó y había veces que se las arreglaba para sacarme de clases y anunciar conmigo al lado, que habría un campeonato. Y es que, verdaderamente, ella y yo fuimos un dúo perfecto. Crecimos las dos, siendo fuertes aliadas. Con ella aprendí el valor de compartir y desde muy temprano se convirtió en una parte vital de mi personalidad. Fue la encargada de enseñarme a rebotar, de desarrollar en mí la agilidad para cachar, tanto así que me enseñó a no dejarla caer nunca. Y es que yo la quería tanto, que cuando alguien la tiraba, atenta estaba a cacharla y, sin que nadie lo notara, me buscaba y siempre me encontraba. Al hacerlo y llegar directamente hacia mis manos, la lanzaba hacia el espacio para que sutilmente pasara sin rosar el aro, anotando a distancia en vez de dos, los tres puntos que continuamente la hacían rebotar muy orgullosa, como una gran triunfadora. Mi pelota se convirtió en mi compañera perfecta, ella dormía todo el tiempo al lado de mi cama y era quien me motivaba a levantarme entusiasmada, tanto así que con ella a mi lado yo fui inmensamente feliz.

Papá y mamá no están, y no encuentro mi pelota...

Apenas unos años han pasado y la historia que escribo de mi vida ha empezado frente a un árbol que da unos nances colorados —los más dulces que he probado, los que me hacen recordar aquéllos que en almíbar yo solía disfrutar, donde vienen las urracas a lucir sus lindas prendas coronadas, donde una ardilla cola larga ágilmente se los lleva a alguna cueva— y donde se cosechan grandes hortensias que nos muestran unos tonos azulados que se mezclan entre algunas pinceladas color mora.

Me encuentro ahora frente a un copioso laberinto donde papá y mamá no están. Su siembra es de claveles por doquier y las abejas chupan de su sabrosa miel; al fondo resuena una cascada de agua cristalina y mis ojos no alcanzan a ver más allá… Aunque, de pronto, todavía logro escuchar que alguien rebota una pelota y, al volver mi vista hacia ese eco que resuena fuertemente en mis adentros, logro apenas divisar que, en aquella banca de rústica madera, sentada está una niña de piel trigueña y rizos que brillan con el sol, la que lleva unas zapatillas que, con los rayos del sutil sol que alcanza a alumbrar, lanzan un prisma de colores carmesí. Ella me llama y con un dulce gesto me invita a pasar… He avanzado dentro del laberinto apenas dos pasos y algo llama mi atención, es un búho que con sus inmensos y redondos ojos parece registrar cada paso que yo doy. Al sentirme fuertemente custodiada, quiero regresar; sin embargo, noto que la puerta por la cual entré ha desaparecido repentinamente y, aunque yo lo desee, no puedo volver hacia atrás. Así que, sin titubeo alguno, decido ir en busca de ella, ha sido especial su manera de llamarme, me ha invitado con dulzura a pasar y sucede que, conforme avanzo hacia la niña de aquellas zapatillas que lanzan luz, ella se esfuma y se distancia más… y a cada paso que yo ando por esa nueva senda, parece que se pierde entre la bruma. Corro tras ella y no la logro alcanzar. La llamo y no parece escuchar, le grito: «Ven, acércate», y ella se sube a una barca que flota sobre un río que más parece ser un mar y, con la vista puesta en mí, me arroja con dulzura una rosa, la que coloca sobre un barquito que ha elaborado de papel, el que navega en esas aguas cristalinas con rumbo directamente hacia mí. Me toma de sorpresa y por su actitud intuyo que ella siente que no podré nadar hacia esa flor. Quizás es adivina, pues tal parece que sabe que no aprendí a nadar, que cuando era pequeñita sentía miedo al agua y no sé ni tan siquiera chapucear. La rosa navega sutilmente y se dirige hacia donde estoy y, mientras más se acerca sobre esas aguas quietas, serenas, transparentes, más claramente observo la intensidad de su color y, cuando ya casi la alcanzo a tocar, tan de repente e inesperadamente aparece un bello colibrí, la toma entre su pico y se la lleva fijando su vista sobre mí.

«¿Por qué no tomas otra flor?, ¿que tú no entiendes que ésa es mía?, aquella niña la puso en la corriente para mí, no te

la lleves, por favor, en ella está escrito lo que he de hacer para que pueda ser feliz». Llamé «¡ingrato»! al colibrí. Le dije: «¡Cruel!». Lo maldije.

Pasé gran parte de mi camino odiando a esa criatura tan pequeña, que en apariencia parecía ser de alma buena. Vinieron algunas voces tales como: «Te mataré», «te colgaré de las dos patas por un buen rato, hasta que digas, siquiera una docena de veces, ¡perdón!». Y luego tuve otras visitas que me dijeron: «Déjalo ir». Sin embargo, de tanto oírlas enmudecí, y me fui quedando profundamente quieta después de un largo tiempo de llamar a gritos a aquel tan pequeñito que se llevó mi dulce miel. Mi llanto fue tan fuerte, tan insistente en algunos momentos, que todas las criaturas que vivían en aquel recorrido del laberinto fueron quedándose estáticas. Las había redondas y un tanto cuadradas. Unas eran pequeñas, otras tan largas, pero todas tenían una característica: ninguna hablaba.

Adentro del laberinto hace mucho frío.

Nadie, en ese pedazo del laberinto, entendía el idioma que yo usaba. Todo era un mundo tan ajeno a mí, con el que yo ya no podía lidiar. Nadie comprendía lo que yo sentía. A algunos les hablé de un solo golpe, como demandando a gritos ese apoyo que tanta falta me hacía para encontrar a ese infeliz; a otros, les hacía caprichos para llamar la atención y así quizás conseguiría que alguien sintiese el deseo de ayudarme a encontrar a aquel… ruin; sin embargo, todo fue en vano, pues ellos, indiferentes a mi sentir, como ausentes se desplazaban cual si fuesen autómatas. Intenté de todas las formas habidas y por haber, pero es que en el planeta donde se matan por vivir, o viven para morir, nadie tiene tiempo para ti y únicamente eres feliz si posees esa flor que me arrancó el desdichado colibrí.

Me sentía profundamente sola y desconsolada, sin dirección alguna. Después de largo rato, pasó una hormiga y me preguntó:

—¿Por qué te afanas por esa rosa?

Ella insistió:

«No sufras tanto, mira a tu lado,
hay mil claveles, unos son verdes,
otros son blancos y, si los quieres,
los hay más rojos que aquella flor».

Me pareció que la diminuta hormiga era un ser entrometido e incapaz de entender mis sentimientos y, al cabo de un momento, fue cuando entonces vinieron ciertas voces que me decían:

—Ella es hormiga, ¿qué va a saber?

—Vete de aquí —le contesté—. No te oiré. Tú nada sabes, déjame sola que aquí he de estar hasta que encuentre a dónde se anida aquel ladrón y, al encontrarlo, le arrancaré lo que es mío y me robó.

Pasaron varios meses y poco a poco aquellos seres del laberinto se fueron yendo, mientras yo continuaba mi marcha titánica, peleando con el diminuto monstruo… Y en ese batallar, me fui quedando sola, completamente sola, pero eso sí, aprovechaba los minutos de cada día para ingeniar nuevas estrategias y poder lograr una con la que finalmente obtendría esa rosa tan tersa que aquella dulce niña me lanzó.

«Lo agarraré dormido en su nido y entonces sabrá
lo que es bueno».

«Lo desplumaré para que llore de frío».

«¡No! Mejor lo amarraré de las dos patas para que,
en lugar de caminar,
salte como canguro».

Al cabo de varias semanas de sentirme profundamente sola, de que todas las criaturas que pasaban a mi lado ni siquiera me miraran, pasó un ser vestido de pingüino, quien al verme entre las zarzamoras se detuvo unos segundos. Me miró fijamente a los ojos y me preguntó:

—¿Qué haces aquí?

—Me perdí cuando entraba a un laberinto que estaba tan lleno de claveles, en el que casi no podía distinguir más allá… adonde había un búho que registraba cada movimiento que yo daba y, al notar que me observaba tan inmóvil, decidí retroceder, entonces, la puerta donde entré había desaparecido como por arte de magia, así que por eso me encuentro aquí —le contesté.

¿Y tú, quién eres? —le pregunté.

Él respondió:

—Si no lo sabes, no perderé el tiempo explicándotelo —y avanzó con paso tan rápido que no me quedó tiempo de seguir indagando y, sin pensarlo un segundo, le seguí. Al menos, él era el único que me había hablado en aquel laberinto y quien aparentemente se interesó por mí.

—¿Adónde vas? —más adelante le pregunté.

—A mi hogar —me respondió.

—¿Por qué corres tanto? —lo interrogué, y él no contestó.

Llegamos a un lugar donde una balsa de madera rústica parecía esperarle para llevarlo al otro lado del río y, efectivamente, así era; al subirse él, inmediatamente lo hice yo también y, al cabo de unos minutos, íbamos navegando los dos sobre un hermosísimo caudal de agua clara. Noté que iba en silencio todo el trayecto, cuando de pronto me ofreció algo que parecía un trozo de buen pan, el que al probar me recordó someramente el sabor de aquel tan esponjoso que mamá solía hornear y entonces pensé que él era un personaje muy bueno y que había hecho bien en subirme a esa balsa con ese ser, que tenía el rasgo de generosidad que me recordaba a papá. Ese viaje lo disfruté con el sabor en mi paladar a aquel delicioso pan, era tan grato recordar mi hogar, la imaginé a ella cantar e invitarme a degustar sus delicias culinarias al lado de mis hermanos, de Alejandro, de Carbón, del zompopo volador y de la más maravillosa salvadora de mis miedos, la luciérnaga. Es que el sabor de ese pan se parecía tanto al de mamá, que decidí guardar la mitad en la bolsa de mi delantal y, en un profundo silencio, navegamos por aquel río que parecía ser tan dulce, en comparación con aquel triste recorrido del laberinto, del que había escapado hace unos minutos. Durante el trayecto pude ver a algunos seres que navegaban sobre el mismo caudal y, mientras veía a algunas familias con características un tanto extrañas a las habituales de mi comarca –unas tenían un gran ojo al centro de sus caras, otras eran de tez morada–; mientras las observaba, a mi mente llegaban los recuerdos de mi dulce hogar, e imaginaba que llegaríamos con mi compañero de viaje a un lugar donde su familia sería conmigo cariñosa, amable y que dormiría en una cama con almohada y con una colcha calientita y suave, tan cómodamente, como si fuese mi morada, y es que después de tantas noches al lado de las frías matas de zarzamoras y de dormir en suelo firme, ansiaba una grata estancia, realmente la necesitaba.

Caía la tarde y las luces de los faroles de colores que en las praderas seguían el curso de aquel río nos llevaron finalmente a detenernos frente a una casita con techo blanco, de aspecto muy redondo. Con un gesto apresurado de su ala, el pingüino me hizo pasar y, al entrar, me encontré con una hermosa ho-

guera, la que se encargaba de mantener una temperatura agradable, en medio de tanto y tanto hielo. Por dentro era impresionantemente grande aquella casa a la que habíamos entrado y, por fuera, su apariencia era tan pequeñita y acogedora. Entonces recordé aquel refrán que mis hermanos y yo escuchábamos tanto en nuestro hogar. «Las apariencias engañan», y es que dentro de ella había montañas nevadas, sobre las que se deslizaba una multitud de atletas con la misma apariencia del pingüino. Nadie tan siquiera se fijó que yo había llegado a ese lugar, me parecieron tan abominables sus actitudes hacia mí, pues cuando llegaba alguien de visita a nuestro hogar, salíamos con cortesía a saludar. Anduve entre una multitud de seres con alas negras y blancas, las que arrastraban hasta el hielo, que era el piso de su enorme iglú. En ese mundo lo único que les interesaba era comentar quién era el ganador de aquella competencia en la montaña nevada y discutían tanto sobre a quién le darían el primer premio que me aburrí de escucharlos. Todo era un «yo gané», «yo lo logré», «no… de ninguna manera, fui yo el que ganó», «yo hice la mejor bajada…», «la tuya fue un desastre, no sirves para nada», «mejor dedícate a otra cosa o vete a tu casa», «quién crees que eres para tratarme así», «aquí solo ganan los de mi casta», y entre tanto maltrato y tanta palabrería ingrata, anduve largo rato, hasta que ese ruido abrumador me agotó.

Los ciudadanos de aquel enorme iglú nunca se ponían de acuerdo en nada y se maltrataban tanto los unos a los otros que todos me parecieron verdaderamente insoportables, fue entonces cuando me decidí que quizás les podía ayudar a no pelear y, al intentar hacerlo, nadie me puso la más mínima atención y hubo un pingüino tan vulgar, que me ultrajó: «Monstruo mutado, sin alas, vete de aquí…»; así que después de sentirme ignorada, aburrida de ese entorno, completamente no escuchada, que no tenía presencia en ese lugar y sintiendo tanto frío en esa casa-iglú, me acerqué a la única fogata que encontré, y era tal mi decepción que me quedé profundamente dormida al lado de aquella hoguera que mitigaba el frío tan intenso que hacía, cuando de pronto empecé a soñar que me visitaba una hada, la que suavemente me envolvía en sus alas color púrpura, mientras mi amigo de infancia, Bují, llegaba a jugar conmigo. «¿Te acuerdas de Bují?», pues era una realidad, él había llegado a visitarme en mi viaje por el recorrido del maltrato y de los delirios de poder. Corrí con él sobre las más bellas praderas; había una extensa siembra de flores verde menta y de tonos violeta y, de pronto, una flor apareció, era una margarita inmensa y realmente bella la que me saludó y, luego de hacerlo, empezó con una dulce voz a declamar el verso mío y de papá, ese, precisamente, el que cada tarde, al lado de la fuente de aquel patio, solíamos recitar, y me provocó tanta felicidad que no quise moverme de ese lugar, recordando ese abrazo y ese tiempo que únicamente él solía hacer, para compartir al lado mío…

Me fui impregnando como en una fantasía de los más gratos recuerdos de infancia, cuando escuché que con fuerte énfasis repetían: «Apúrate, Carmín, ven aquí», y al volver mi vista hacia el lado derecho, me di cuenta de que era Bují, llamándome afanadamente, mientras que yo seguía inmersa en ese fragmento de alegría tan intensa que vivía, en ese pequeño camino de mi laberinto. Siguió diciéndome una docena de veces tan insistentemente: «Ven, Carmín», que decidí levantarme del delicioso pasto color esmeralda donde me encontraba, me acerqué a paso lento para ver el porqué de su insistencia, cuando

noté que aquel ladrón, el que llevaba mi felicidad en su pico, se había detenido en su viaje sobre una rama de un árbol que cerca de la hoguera, donde yo me había quedado dormida, parecía desde arriba velar mi sueño burlándose de mí. Al ver que yo llegaba, alzó el vuelo tan veloz. Pero esta vez lo perseguí, tuve que remar en una barca que encontré y, al hacerlo sobre el agua clara, el desgraciado me lanzó un pétalo de aquella rosa que la niña me envió y lo peor fue que tuve que navegar un momento contra un remolino, y es que el viento parecía estar a su favor. Por un momento creí que me iba a caer y, como no sé nadar, pensé que me iba a ahogar, hasta que al fin… lo caché. Al tenerlo entre mis manos sentí su suavidad, su fragancia era inconfundible y tan parecida al aroma del rosal que estaba sembrado al lado de la ventana del patio de la casa de mi infancia, la que al sentir me hizo tan feliz, y es que todo me pareció tan real, tanto lo fue que, al despertar, pude apreciar que aquel suave pétalo estaba adornando mi blanco delantal.

—La próxima vez que te agarre, te desplumaré… me vengaré de ti y jugaré que soy una princesa indígena con un penacho de tus plumas y, al verme haciéndolo, temblarás del frío que protegen tus plumas de color.

—¿Qué dices, Carmín?

—Lo que escuchas, Bují.

—Ay, Carmín, ya no sé ni qué decir, ni cómo hacerte entender que no… —y al taparme los oídos y cerrar fuerte mis ojos, no escuché lo que él habló, y al abrirlos me di cuenta de que emigró.

—¡Bují…!, ¡vuelve aquí!, no te vayas, por favor…

Mi compañero el pétalo
y en un mundo mejor...

orté un pedazo de mi blanco delantal y armé con un retazo de él una bolsita segura, donde guardé el terso pétalo que aquel ladrón me lanzó. La coloqué con primor en una de las bolsas de mi delantal y, convencida de que llevaba conmigo bien guardada un fragmento de mi felicidad, emprendí mi viaje hacia otro camino del laberinto. Estaba motivada a buscarla completa, no importando a dónde tendría que ir para encontrarla y recuperarla entera para mí.

A los días, al correo de aquel laberinto llegó por un pájaro dorado la noticia de un mundo mejor, esa nota cayó sobre mi delantal color blanco que la abuela hace tiempo tejió, el que, aunque ahora es más corto que ayer, nunca voy a dejarme de poner. Al leerla, algo en mí despertó y me guió hacia una escalera de copiosos bejucos donde rápidamente ascendí. Cada paso que daba, parecía podar los peldaños que había escalado y, después de un buen rato, me di cuenta de que ya no podía bajar, sino solo ascender. Encontré una estancia repleta de campanillas color crema, delineadas con trazos perfectos en fresa y por ese momento olvidé aquella flor... Disfruté del canto sutil de las aves, de algunos pichones cuando salían misteriosamente de su cascarón, los que al verme y creyendo que eran mis hijos me siguieron por un campo de flores silvestres inmenso, y aunque me parecían graciosos al principio, ahora llevaba varios días con esos individuos atrás de mí. Por ratos me enojaba con ellos y, al hacerlo, se apartaban un momento y volvían a aparecer. No me dejaban concentrarme en las posibilidades que aquella vereda del laberinto ofrecía para encontrar aquel malvado colibrí. Me enojaba malgastar mi tiempo creando mecanismos diferentes para perderlos de mi vista, en lugar de estar concentrada en mi misión, hasta que un día un grillo, que me vio escondida atrás de un inmenso caracol, me preguntó:

—¿De quién te escondes? —entonces le conté que aquellos siete hermanos emplumados, acabados de nacer, me robaban la paz que tanta falta me hacía para lograr pensar cómo me vengaría de aquel ladrón. Entonces me contestó—: ¿Qué te robó?

—Bueno… mi flor —le respondí.

—Debe de ser muy hábil para poder hacerlo —afirmó. Entonces le narré:

—Es pequeñito y se la llevó volando muy lejos de mí.

—¿Y cómo es tu flor? —preguntó.

—Bueno, es la más roja y tersa que he visto, baila en la primavera y esconde dentro de sus pétalos un secreto que debo descifrar.

—Ah, ya sé, no llores más, te llevaré a donde está; súbete en mis alas y muy pronto llegaremos donde la encontrarás.

—¿Estás seguro? —y él contestó:

—¡Sí!

Y los vientos nos fueron llevando a volar sobre nubes de todos los tamaños; una de ellas, al oír nuestro diálogo, decidió

ayudarnos y, al soplar con todo su caudal, nos condujo en se-
gundos a la orilla de un lago donde habían margaritas silvestres que dejaban pintura amarilla sobre el césped de un parque
encantado y el grillo detuvo su vuelo sobre un mar tintado de
un rojo, como el de la rosa que aquel intruso me quitó y, al estar sobre él, pronunció:

—Bueno, niña, te he traído a una siembra muy bella de rosas, corta la que quieras y olvida la otra…

Sin dejar que pronunciara tan siquiera una palabra, el grillo voló de mi vista, dejándome completamente perdida entre
aquellas rosas, de donde me sería muy difícil salir.

—¡Yo quiero mi rosa! —pronuncié más de una docena de
veces y nadie se inmutó. Entonces, en medio del campo que
tiene el aroma de aquel patio de infancia, me quedé descan-
sando extenuada, después de tanto pelear con la nada.

Soñé que una a una venían hacia mí y que me decían con
delicados gestos: «Te haré feliz», e inmediatamente me negaba
a tomarlas. Dejé de aceptar cien, mil, dos mil… tres mil variedades de rosas con inmensos pétalos, descarté fragancias, vi únicamente sus afiladas espinas y, luego de desechar a muchas, caí
completamente extenuada. Tuve que haber dormido largo tiempo, pues cuando desperté, noté que el rosal se había quedado
desnudo y vi a mi alrededor siembras extensas de tallos con miles de espinas. Entonces me dije a mí misma: «Al menos, aquellos polluelos se fueron…», cuando de pronto, y como misteriosamente, aparecieron unos hombrecitos alados vestidos de
azul y uno de ellos me dijo:

—Bienvenida, Carmín —mientras todo el tropel repetía,
cual si fueran un disco rayado, las mismas palabras que aquel
capitán del ejército azul había pronunciado.

—¿A dónde estoy? —asombrada esta vez pregunté.

—En un mundo mejor —contestaron. Y al unísono, todos juntos hablaban, mientras yo caminaba con ellos encontrando a mi paso los letreros que nos guiaban al destino final. En algunos leía: «*Que disfrutes tu estancia*»; había otros que nos indicaban: «*Sigue adelante*», y a mi paso, todo el mundo solía narrar sus historias de vidas pasadas, mientras otros se afanaban hablando del futuro; en fin, parecía una torre de Babel, donde todos hablaban. Algunos, muy tristes, contaban que les habían quitado sus casas, que había llegado un gigante a aplastar sus memorias, que querían volver a aquel sitio donde habían lanzado un incendio de llamas y, según ellos decían, lo único que les habían dejado era un pozo sin agua y eso los detenía, pues sin ella no hay vida. Otros narraban que era imposible hacer crecer las hortalizas, que había muchas plagas en el subsuelo de la tierra, y entre aquel gran tropel de hombrecitos azules que seguían las reglas exactas era casi imposible discernir lo que todos al unísono hablaban. Noté que en aquel recorrido por el laberinto había algunos que le apostaban al futuro y cuya vida ocupaban para hacer planes. «Yo haré un castillo de ladrillos, dentro de quince años tendré tres casas; en veinticinco, serán diez, no… tendré una docena de ellas». La conversación que escuchaba, dejaba ver con toda claridad que programaban lo que harían dentro de dos, tres, diez años y el resto de sus vidas y, por hacerlo, parecían absortos, como ausentes de lo que acontecía, y es que, por vivir a futuro, no podían encajar en ese mundo. Se quedaron atrás, sin poder caminar, parecían estatuas ancladas a un solo lugar…

¡Un minuto de silencio! Y todo el mundo obedeció.

—¡Detengan la marcha! —alguien ordenó, y todo el batallón obedeció, en cuenta yo y, al hacerlo, alguien dijo que tendríamos un momento de reflexión, que una de las reglas que todos debíamos de respetar era no hablar, y a los pocos minutos observé que aquel caballito diminuto parecido a los de mar, el de alas muy cortas, lanzaba sobre mí de aquellos polvitos dorados, los que al caer sobre mi sien me hacían desde mi niñez ver un panorama un tanto diferente, tan de repente. Era mi consciencia la que había llegado a visitarme, quien afanada me hacía ver que yo me parecía a ellos.

Entonces discerní que no experimentaba la sensación de cada momento, que estaba obsesionada por encontrar ese dragón con pico, que vivía anclada a un pasado, como lo hacían ellos, lamentando lo que había sucedido en sus vidas o planeando lo que harían a futuro con ellas, cual si fueran ellos el vivo retrato de los últimos años que había andado en varios caminos de este tan largo laberinto en que vivía y es que, durante tanto tiempo, había pasado imaginando nuevas estrategias para encontrarlo desapercibido y vengarme de ese tal por cual. Y mientras volvía a caer en lo mismo de siempre y planeaba salirle por delante y quitarle para siempre esa flor…

—Es hora de seguir —la voz de mando ordenó y todos retomamos el camino que supuestamente nos llevaría hacia un mundo mejor.

Me encontré en aquel recorrido con un grupo de pájaros fantásticos que se habían sentado a la sombra de un árbol del que se desprendían enormes gajos de unos caramelos azulados y, mientras gozaba a más no poder de aquel sabor, me cautivó el mayor de aquellas aves. Sus enormes plumas coloreadas de azul me tenían encantada. Ese sabio ser, con su voz modulada, narraba una historia que detuvo mi paso. Él contaba a unas aves de alas celestes, azules y verde esmeralda, que una niña terrícola con firmeza creía que en la rosa es que estaba escrito el secreto de una vida feliz. Me acerqué un tanto más a escucharlo y el más joven del grupo decía: «¿Dónde encuentra la niña esa rosa sagrada?». Y mientras aquella ave tan sabia empezaba a explicar el camino para recuperarla, con agujas muy bien afiladas demarcaba el ejército de hombrecitos azules, que el paso era rápido y yo no pude terminar de escuchar lo que hablaban, solamente retuve:

—Para llegar a ella, hay que recorrer un largo camino, debes iniciar una gran escalada.

Mientras el ejército azul me apuraba… me sentí tan frustrada, cuando de pronto una voz me indicó:

—Ha llegado a un mundo mejor —y esa idea resonaba en el fondo de mi corazón, y es que, si realmente lo era, me encontraría a unos pasos de tener en mis manos la felicidad que tanto anhelaba y por la que me había metido en este tan frondoso y complicado laberinto.

—Por aquí —me indicaron y me guiaron hacia un corredor con espejos que hablaban. Uno de ellos cortés fue al decir:

—Buenas tardes, Carmín.

El otro, al frente de él, mencionó:

—Qué bonitos zapatos —mientras uno de tantos se quitó un sombrero a mi paso y el más pequeñito me entonó una linda canción.

Caminé un trazo largo, hasta que un pichel que usaba una graciosa corbata me indicó que debía de entrar por la puerta plateada. Me entregó unas llaves y una de ellas habló:

—No soy yo, es la llave de plata.

Fui prudente al tomarla para evitar dañar su linda cara y, al abrir esa chapa, me encontré con un cuarto que tenía un bonito baúl, sobre el que habían sobrepuesto un libro celeste tan parecido al que solía ser mi confidente en mi niñez. Inmediatamente lo vi, lo abrí y, al llegar a la página 3, donde había un bosque con tonos de azul, me dormí.

Anduve entre lirios, había tulipanes, y decidida seguí a la voz que me guió hacia un bosque donde anidan las aves más bellas que hay. Las había de plumas doradas, tonos plata, del color de un cristal y en su pecho una de ellas tenía grabada una insignia que emanaba luz blanca. Me subí a los nidos más altos, yo buscaba en la altura esa flor. Unas ramas con rasgos humanos y con brazos muy largos me ayudaron tiernamente a llegar hasta el árbol mayor. Sobrepasé los grandiosos amates, anduve entre las copas de robles, vi retozar a unos seres con caras de ardilla y correr tras una mariposa, quien les guió a un banquete de castañas, al que muy deferentes me invitaron y, aunque quise bajar a disfrutarlas, pues realmente me encantan, pensé que aquella ave diminuta, a la que tenía mucho tiempo de buscar, se podría escapar y esa posibilidad me hizo desistir de saborear las castañas recién tostadas que un anciano emplumado daba a sus invitados… «¡Qué tristeza!», sentí. Por andar siguiendo a ese sin escrúpulos no había podido quedarme a saborear de tan tentadora invitación. Y seguí subiendo entre nidos de águilas, traspasé las copas de las inmensas sequoias, desde un corredor bordeado por bejucos de yerbas, de donde me llevaron hacia el árbol mayor, y el buen ser preguntó:

—¿Qué hace aquí una joven sin alas?

Mi encuentro con Miel

—Señor árbol, lo que busco es mi rosa.

—Esto no es un rosal, busca su siembra en él.

—Es que alguien me dijo que buscara muy alto, que la felicidad está arriba, que en el suelo no es posible que exista…

Y seguí visitando alturas, trepaba a las sierras, a las cordilleras, llegué hasta los Andes, donde me encontré a una llama y le pregunté si había visto volar por allí mi felicidad y me dijo:

—¿Por qué la dejaste ir de ti? —y entonces le conté que un malévolo colibrí la tenía entre su pico y me dijo con voz pausada—: ¡Eso es imposible!

Y entonces le dije un tanto ofendida:

—¿Me consideras mentirosa?

—¡No…!, de ninguna manera —me contestó—. A propósito, niña, no sé tu nombre, ¿cómo te llamas?

—Carmín.

Entonces expresó:

—¿Y no será que la buscas en un sitio equivocado, Carmín?

—Definitivamente estoy tan segura, de que allí la encontraré. ¿Sabes qué?, iré hasta aquel pico, al más elevado que alcanzo a divisar.

—¿Con quién irás?

—No sé, pensé que quizás me quieras acompañar…

—Ay, Carmín, no te imaginas lo que hay que hacer. En primer lugar, debes ser una alpinista para poder trepar y para ello te debes de entrenar.

—¿A dónde puedo hacerlo?

—Bueno…, si aún así insistes, ven, acompáñame, preguntaremos en el pueblo.

—¡Buenas tardes, señor!

—¿Qué tienen de buenas? —una voz grave respondió.

—Desearíamos saber, mi amiga y yo, si usted nos quisiera enseñar su profesión; nos han dicho que vivió en las montañas cerca de una cascada donde casi nadie ha podido llegar.

—¿Para qué desean ir?

—Bueno, mejor dile tú, Carmín.

—Es que allá está la felicidad y la quiero ir a encontrar.

—Eres tan pequeñita y bien sabes discernir a dónde es que la puedes alcanzar, solamente porque comparto tu sentir, te entrenaré y si eres una buena alumna iré con los dos.

Y la llama preguntó:

—¿Está usted seguro de que allá la encontrará?

—Completamente —un tanto serio respondió.

—Las espero mañana, a la hora del prana.

—Bien, mañana a esa hora estaremos aquí.

—Ya ves que te lo dije, él rápidamente me entendió.

—Así parece, Carmín, aunque aún tengo mis dudas…

—Y a propósito, señora llama, ¿cuál es la hora del prana?

—Es a las cinco de la mañana y, por favor, no me digas señora llama, me llaman Miel.

Pasé toda la noche en vela inventando la forma en que pronto llegaría a la cumbre de la grandiosa cordillera de los Andes,

casi sentía el olor de aquella flor que me iba a guiar hacia el escondite donde la tenía prisionera aquel ladrón. Gozaba tanto mientras imaginaba la cara que pondría al llegar a su guarida y no encontrarla, que eso era suficiente para tenerme despierta la noche entera, desarrollando las una y mil estratagemas… Las estrellas fueron cubriendo su piel y Miel, quien nunca usa reloj, me dijo: «Despierta, Carmín». Era la hora del prana y, al llegar al sitio acordado, aquel alpinista estaba esperándonos. Empezamos a caminar… bueno, la verdad es que ahora no recuerdo por dónde anduvimos, porque lo único que yo hacía era buscar al desgraciado por todos lados; lo imaginaba mañana, tarde y noche y, a veces, cuando Miel me decía: «Mira… Carmín», me tenía que volver a repetir para que pusiera atención y me insistía: «Sigues en lo mismo, mejor disfruta de esta vista, de tan linda compañía, de nuestras delicias culinarias, de este bello espejo de agua». Creo rememorar únicamente que nos detuvimos frente a un lago que parecía un gran espejo, donde nos contemplamos unos minutos en silencio… Noté que en mi mirada había júbilo y mi amiga Miel, al verse reflejada en él, graciosamente mencionó: «Tendré que comer cinco veces al día, debido a que estos duros entrenos me molieron la grasa que había depositado para el frío del próximo invierno…». Reímos a más no poder y mientras se escuchaba el «uno, dos, tres, fíjate bien y te lanzas con la cuerda al vacío», «no vaciles, eso puede costarte la vida», «concéntrate en tu propio ser», «tú puedes», Miel feliz comía. Así pasamos meses los tres y, al llegar la época donde invernan las criaturas de las praderas, había que esperar a que de nuevo volviera la luz plena del sol para poder realizar la expedición hacia las alturas, donde encontraría mi felicidad.

Los atajos de este laberinto

Mientras las flores dormían larga siesta y los niños esperaban un poco más de nieve para sacar los trineos que los lanzarían a encontrarse con la voz de la montaña, una idea vino a mí y es que podía emigrar mientras tanto, como lo hacían las aves hacia otros sitios donde quizás, bajo el sol, yo encontraría al colibrí. Les dije a mis amigos que tomaría una pequeña vacación, que volvería cuando el hielo se hubiese derretido y ellos contestaron al unísono, casi como lo hacían aquellas criaturas que conversaban al mismo tiempo: «Te esperaremos, Carmín».

Tomé un barco en uno de los puertos donde un ser de barba larga frente a una inmensa bola de cristal me dijo que alguien me tenía prisionera, que yo tenía la llave para salir de allí, que la buscara y que iba a ser feliz. «¡Qué pérdida de tiempo!», recuerdo que inmediatamente pensé en mis adentros: «Estos se inventan tantas cosas, que no saben ni qué decir…». Zarpó el vapor y en él me acompañaba una gran esperanza, poder recuperar mi rosa y no dejarla ir nunca de mí. Acostumbrada a levantarme de mañana con Miel y con mi amigo «sin nombre», con quien habíamos pasado largos meses entrenando y a quien por cierto, ahora que lo recuerdo, se me había olvidado preguntarle algo tan básico, como lo era su distintivo, o al menos su apellido. En fin, me había dado cuenta en el barco de que había olvidado conversar con él, de que por estar pensando solamente en escalar aquellas majestuosas montañas, nunca me había interesado por saber nada acerca de su vida, de lo que le gustaba, de lo que él solía hacer cuando vivía en las alturas al lado de una diáfana cascada, y la verdad es que nunca profundicé acerca de ¿por qué pensaba que, sin duda alguna, allá en las alturas, donde él vivía hace algunos años, yo encontraría al diminuto colibrí y rescataría mi felicidad? Sí, pensándolo bien, no me explico por qué no hice el tiempo para dialogar con él a profundidad sobre algo tan importante para mi vida, y es que todo el mundo parecía no creer que mi felicidad estaba en aquella hermosa rosa. Aunque recuerdo bien que cuando Miel le insistió a aquel gran alpinista que si estaba seguro, sin titubeo alguno dijo con toda propiedad que allá se encuentra mi felicidad y, más aún, me llamó sabia por saberlo a mis escasos veinticuatro años... Ahora que lo recuerdo, ya llevo siete años en esta gira, en la que únicamente cuento con un pétalo de mi flor, ¿cuántos más me faltarán?

En fin, ahora navegaba en alta mar y debía bajarme en una de las islas que tuviera grandes acantilados, donde podría probar mis destrezas de alpinista y donde quizás podría encontrar mi máxima ilusión, la flor. Hubo grandes olas con las que batalló aquel navío, una onda tropical se convirtió en una tormenta que nos movía de un lado hacia el otro. Por un momento me arrepentí de haberme embarcado, sentí miedo y pensé en mis adentros: «¿Por qué no me quedé con Miel?», hubiera tenido el tiempo suficiente estos meses para conocer a su familia, para jugar con sus hermanitos, para contarle algunas historias acerca de mi vida y de mi hogar, de los juegos que

disfrutaba tanto al lado de los míos, de Alejandro, de mis amigos del vecindario y de mamá. La verdad es que ni le narré de su turrón angelical ni de su buen pan… De su maravilloso preparado que dulcemente se deshacía en mi paladar y, ahora que lo recuerdo, tomaré un bocado de aquel que en el recorrido del iglú me dio en la lancha aquel pingüino, el que debo reconocer que se parecía un poco al que ella solía hornear y el que coloqué aquí adentro, en la bolsa de mi delantal. Humm, ¡qué rico sabe! ¡Cómo me gustaría estar en mi hogar! ¡Cuántos años de no verlos! Es que todavía no comprendo quién cerró aquella puerta hace siete años que no me permitió volver hacia atrás. Si los viera de vuelta, los abrazaría tanto y haría tantas cosas al lado de ellos. Me sentaría a conversar, a escuchar esa sabiduría que albergan. Bueno, la verdad es que nunca es tarde para hacerlo. Fue cuando entonces empecé a escuchar unas voces que se metían muy adentro: «¿Y si ya no los encuentras?», «si emigraron de tu hogar», «es que al menos te hubieras despedido de ellos», «por andar solo con la pelota, te pasó…». Fue cuando entonces un sentimiento de tristeza me embargó.

Lloré hasta el amanecer y al despertar me di cuenta de que mi camerino se había inundado de lágrimas y entre ellas había entrado un pez que portaba un par de anteojos de espiral, quien, cuando abrí mis ojos, me habló y pronunció: «A veces nos culpamos de tantas cosas, sin razón. Recuerda que en el mar hay una ley que te daré y si la sigues, te saldrá todo muy bien».

«El ayer son las memorias y, si te anclas a ellas, no disfrutas de las olas que te llevan a pasear. Si vives deseando algo obsesivamente, tampoco vas a poder sentir esa sensación de deslizarte sobre ellas y, cuando quieras hacerlo, podría ser que esas olas ya se fueron a alegrar a otro mar».

Y, luego, con su cara tan simpática y tan llena de alegría, tomó una cresta alta de una ola que venía, se deslizó sobre ella pareciendo ser un surfista y lo perdí de mi vista…

El ruido estridente de un niño al lado de mi camerino disipó mi tristeza y el caracol con el que jugaba entonaba con plena alegría una canción: «Disfruta de la vida, es una maravilla…». De nuevo, los gritos de emoción del niño al ver a las olas reventar cautivaron mi atención. No podía entender lo que él hacía, parecía disfrutar tanto del mar. A veces, yo escuchaba que entusiasmado enunciaba: «Ahí vienen otra vez», y mi curiosidad me empujaba hacia la ventana y era el mismo par de delfines que parecían jugar con él desde las olas; en otros momentos lo escuchaba decir: «Mira el chorro que ella lanza», como si nunca hubiese visto una ballena; en fin, ese niño me hacía perder la paciencia. Y es que, como comprenderás, con tanto enredo dentro de este laberinto, me estaba volviendo loca. Sí, completamente loca, porque había visitado la mitad del mundo y no había podido encontrar más que un solo pétalo de mi felicidad y con esa pequeña dosis sería imposible vivir la vida con la alegría que de niña la viví.

La tormenta pasó dejando un frescor que invitaba a salir de mi camerino, cuando, de pronto, encontré en el corredor a un gato vagabundo con su patita entablillada.

—¡Es imposible, no puedes ser tú!

—Claro que soy yo, el gato vagabundo.

Y al encontrarnos y percatarnos uno del otro, nos reconocimos de inmediato. ¡Era maravilloso abrazar a un viejo amigo! Y de verdad que había encanecido… Después de jugar a las rondas por un buen rato y de entonar aquellas graciosas canciones de nuestros juegos de hace más de siete años, le pregunté:

—¿A qué has venido, Carbón?

—A ayudarte —me contestó.

—¿En qué? —le cuestioné.

Él respondió:

—¿Te acuerdas de cuando yo andaba merodeando por todo el vecindario y cuanta vez maullaba de hambre, tú me invitabas a comer de aquel delicioso pan acabadito de hornear…? Bueno, aquí estoy. Alguien que iba volando fatigado se detuvo en el tejado de la casa de tu infancia a descansar y, mientras colocaba sutilmente sobre una teja fresca una bella rosa, le pregunté: «¿Por qué la tratas con tanto primor?». Y él me respondió: «Porque escuché que una joven que lleva unas zapatillas rojas de amarrar dijo que allí se encuentra la felicidad y, al ver que esa rosa flotaba sobre unas aguas quietas, la tomé entre mi pico para adornar mi hogar, pero cuando me enteré de lo que era, la ocupé para llevársela a los niños que sufren en el mundo». También dijo: «Es que pensé que, aunque sea un poco de su aroma y de su color, les podría devolver las sonrisas que han perdido». «¿Y cómo es esa niña?», le pregunté a esa diminuta ave. Me contestó: «Tiene cabellos rizados que brillan con el sol, usa un delantal que, aunque cada día le queda más pequeño, nunca se lo retira y, cada vez que me mira, me grita ladrón… me insulta y me persigue, porque, según dicen, me quiere colgar de cabeza, hasta que le pida mil veces perdón y como no sé lo que le he hecho, no me arrodillaré». Entonces, cuando le dije que iría a buscarte, me abrió una puerta mágica entre un muro resistente y saturado de claveles, me señaló por dónde no debía de andar, pues, según dijo, tú ya habías cruzado esa parte del gran laberinto. Al caminar por el recorrido de los Andes, una llama que dice extrañarte me dijo que me subiera a este vapor y no sé cómo lo logré

—mostró su patita quebrada—, pues cuando lo divisé, ya estaba a punto de zarpar y, si recuerdas, no sé nadar. Pero, Carmín, tengo algo para ti. Déjame que te entregue esta encomieda: El colibrí te envía en este sobre el aroma de aquella flor, para que cuando lo necesites, lo abras y te deleites con su olor…

—¡Ladrón!

—¿Yo?

—¡No!

—Miel te envía un obsequio, me dijo que te entregue este lazo mágico, el que se extiende la distancia que necesites alcanzar cuando vas a escalar.

—Este es el mejor regalo que me pueden dar, con este subiré a donde se anida aquel bribón, le enrollaré las dos patas y no podrá andar y, de inmediato, le amarraré las alas y no logrará volar.

—Perdona, Carmín, pero es que Miel dijo que únicamente funcionará si obras con el bien y nunca con el deseo de hacer el mal. También me dijo que ellos te esperan cuando despierte la primavera y que juntos alcanzarán la felicidad.

—Gracias por entregarme lo que Miel me manda, ella es mi buena amiga, la extraño cada día que amanece a la hora del prana, especialmente, cuando hago mis ejercicios matutinos, me hace tanta falta. En cuanto a este sobre, no quiero migajas… no me interesa tener un pedazo de la felicidad que ese ingrato me envía y me robó, pues, por si no lo sabes, esa rosa entera es mía, solo mía, y él me la quitó… Carbón, por favor, recuérdame a papá, a mamá, a Gabriel y Rafael, de la fuente y de mi amigo el duende.

—Todos han de encontrarse muy bien… Imagino a tu madre, desde donde esté, frente a un calendario alegremente

señalando cada día que pasa, pensando que es un día menos que queda para que vuelvas a casa.

—¿No estará triste?

—Para nada, yo recuerdo que cuando se levantaba solía cantar y la visualizo tan feliz, como solía ser.

—Entonces, quizás se olvidó de mí.

—No lo creo, pues cuando una vez fuiste de vacación adonde tu abuela, cada vez que ella pasaba al lado del retrato en el que apareces con tu hermoso delantal, dulcemente repetía frente a él: «Que disfrutes de tu viaje y que seas muy feliz…».

—Pobre mamá, si hubiera sabido lo que he encontrado en mi andar…

—Tu padre dejó el más bello jardín de hortensias sembradas, y es que tu amigo el duende las limpia y las abona con unos polvos mágicos, mientras recuerda los maravillosos cuentos infantiles que él escribió. Por cierto, el otro día, Dan leía en voz alta uno que te dedicó a ti y me gustó tanto escucharlo, porque también hablaba de mí, del zompopo volador y de la luciérnaga…

—Cuéntame de ellos, Carbón.

—El zompopo dijo que te iba ir a buscar y la luciérnaga mencionó que cuando la quisieras ver durante las noches, tenías que repetir el vocablo abracadabra para que llegara; mientras tanto, ella dormiría bajo tu colcha perfumada esperando tu llamada.

—¿Y mis hermanos?

—Rafael se ha ido a recorrer el mundo en un globo que él mismo ha elaborado, mientras Gabriel escribe novelas de ciencia ficción. A propósito de él, ya descubrió algunos de los secretos de tu cofre.

—¡Ay, Carbón, los quisiera abrazar!

Con Carbón, mi amigo el gato y mi lazo mágico.

Llegamos luego de varios días de navegar al fin del mundo. Sí, la verdad es que arribamos a un lugar que han denominado los humanos como una de las maravillas del planeta Tierra. Había en ese recorrido toda una multitud de moais sembrados por todos lados y, al andar al lado de ellos y situarnos al frente del más alto, mi gran amigo Carbón expresó: «¡Es lindísimo!». Y, sin duda alguna, esa deferencia hizo que el más grande y musculoso de los moais se sintiera agradecido por el cumplido y como por arte de magia dijera con voz firme y misteriosa: «¡Muchas gracias!». Inmediatamente, hizo un gesto de cortesía con su gigantezca cabeza y, al mover sus grandes ojos dulcemente hacia nosotros, me cautivó tanto, que no dudé en preguntarle rápidamente:

—Señor moai, ando en busca de la felicidad, ¿cree que la podré encontrar en este lugar?

—Sin duda alguna —con voz dulce me respondió, e inmediatamente después de haberse tocado el corazón volvió a su posición original, donde enmudeció y quedó sin parpadear volviendo a simular ser de nuevo una estatua y, por más que le hablamos y le preguntamos, parecía no escuchar, pero lo cierto es que Carbón y yo, desde ese mismo instante, supimos que los moais sienten y descubrimos algo que la mayoría de personas no lo creería, que encierran historias importantes a retomar.

—Hoy sí, agarraré a aquel colibrí.

—¿Cómo dices, Carmín?

—Que subiremos con mi lazo mágico a los moais más elevados y que buscaremos hasta encontrar a esa criatura tan pequeñita, pero malévola, la que se robó mi felicidad. ¿Sabes qué?, le amarraré con mi lazo las dos patas…

—¿Por qué dices que él te ha quitado tu felicidad, Carmín?

—Si tú lo hubieras visto, pensarías eso mismo.

—Bueno, si tú lo dices… pero prométeme que me lo explicarás despacio al salir de esto.

—Ya lo verás, Carbón, y tú mismo me darás la razón.

—Eso espero, Carmín, aunque es bueno que recuerdes que el lazo mágico solamente te ayudará si obras con el bien.

Y luego de hablar con toda la población de moais, de pedirles permiso para subir a sus cabezas en busca de un colibrí y de no recibir respuesta alguna, de andar entre acantilados y de probar efectivamente las lecciones de alpinismo que Miel y que aquel gran maestro me habían enseñado, acabamos completamente extasiados y caímos sobre el césped más delicado… Mientras dormía plácidamente, un topo que salió de una pequeña madriguera interrumpió mi delicioso sueño; él portaba en sus patitas una moneda que parecía de metal, mientras repetía muy alegre y en voz baja: «Al fin seré feliz…», y como comprenderás, esa palabra mágica que había pronunciado entre el murmullo de su trompa me hizo inmediatamente dar un

salto fantástico y por más que traté de despertar a mi amigo Carbón, quien dormía tan profundamente, ni cuenta se dio de que me fui tras la felicidad. Me sentí mal de dejarlo atrás, pero tengo la seguridad de que al oír mi versión me disculpará.

Ni Carbón
ni mi amiga
me iluminan en la cueva.

Se metió a una cueva completamente oscura, le seguí con cautela, para que no me viera, y es que temía que fuera cómplice de aquel pájaro ladrón a quien tenía años de querer encontrar. En el trayecto pensé que quizás ambos mantenían guardada y fuertemente custodiada mi flor y, por duro que fuera el camino, nadie me detendría en mi misión. Lo que me guiaba en esa oscuridad total eran los ojos de aquel topo que por momentos se volvían tan grandes como los faroles que alumbraban el patio de mi hogar. Era precisamente cuando iluminaban más, cuando yo aprovechaba para avanzar hacia aquella criatura, sin que nadie lo notara. Por instantes, el brillo de la moneda que llevaba fuertemente sostenida entre sus patas era mi otro farol, relampagueaba tanto, que era como una lámpara inmensa que me alumbraba en el interior de esa cueva tan oscura donde yo perseguía esa criatura de patas pequeñas, pero tan veloz. Sucedía que cada vez que él se detenía para ver si no había nadie que lo perseguía, yo me metía entre la yerba lo bastante crecida y entre ella me escondía para pasar desapercibida. Luego de cruzar por veredas donde mis pies se hundían en el fango, de querer ser atrapada de un bocado por un pez de aspecto redondo muy voraz y de librarme de él sacando finalmente mi lazo mágico, me percaté de que alguien afanadamente seguía a aquel ágil topo. De momento escuché un estruendo tan tremendo, la caverna donde nos habíamos metido retumbó y pude visualizar, en medio de un relampagueo de fuego, la silueta de una bruja que viajaba sobre un sapo que a su paso dejaba una levadura tan pegajosa que atrapaba a todo aquel que los seguía. Atrás se fueron quedando los seres grotescos que parecían perseguir al roedor, para robarle lo que llevaba entre sus patas. Todos de seguro fueron a parar al estómago del pez devorador, amigo de la bruja y del sapo. Ella, en todo el recorrido, lanzaba destellos de fuego contra el topo, quien con mucha agilidad los evadía y, cada vez que esto sucedía, la malvada hechicera se enojaba más y más, hasta que con su furia y sus misteriosos poderes lo logró atrapar. Dejó colgando de una pata, cabeza abajo y sobre una viga de metal, al pequeño animal, quien aun, en tan tremenda situación, no se desprendía de la moneda de metal. La maléfica bruja y su sapo lanzaban unas carcajadas que hacían un eco ensordecedor en aquella caverna y, cuando bailaban muy contentos al ver al topo colgando de una sola pata, sentí unos inmensos deseos de salvarlo. Ante esa circunstancia, vino a mí un fuerte deseo de quitarlo de las garras de ese dúo tan ingrato y fue en ese instante cuando entonces pensé en mi lazo mágico, el que inmediatamente se dirigió a rescatarlo y, al hacerlo, el lazo me llevó rápidamente para colocarme en un lugar donde la hechicera no me vería.

Cuando esa pequeña criatura de patas cortas había llegado después de librar miles de obstáculos a unos pocos metros de su cueva, la bruja lo estaba esperando muy enojada con un

ejército de sapos y allí fue donde presencié una lucha férrea. Ella usaba rayos de fuego para aniquilarlo, mientras aquella criatura se defendía relampagueando con la moneda a los ojos de la tremenda hechicera, dejándola unos segundos medio ciega y, en una de esas, una corriente de agua lo condujo hacia un pequeño hueco, donde el topo entró con la moneda bien asida a sus patas y, sin que la furiosa bruja me viera, me escondí en una población de flores de loto gigantescas, las que flotando me llevaron hacia una inmensa caverna. Había enormes cofres cerrados con grandes candados, unos eran tan antiguos y muy parecidos al que la abuela solía guardar en aquel diván. El ambiente era muy extraño y, mientras yo caminaba rodeada por ellos, mis pasos sonaban tras-tras. El eco era tan fuerte que de repente decidí parar y, cuando lo hice, logré a distancia escuchar que alguien se acercaba más. Por el sonido estridente que se repetía cada vez más cerca de donde yo me encontraba, intuía que vendría un gran monstruo, o quizás sería un enorme dragón… Mientras el tras tras-tras se acercaba más, me escondí atrás de un enorme cofre y, cuando los logré divisar por una pequeña ranura que había, vi a dos topos. El uno era aquel a quien le lancé mi lazo fantástico y el otro era enorme y tenía un aspecto tan grotesco que enmudecí completamente. Pensé en mi amiga la luciérnaga, pero no apareció y la verdad es que mejor, pues ese topo-ogro la hubiera exterminado de un solo manotazo. Llevaba un atuendo de oro, sus botas lucían espuelas de plata y sus dedos, unas garras muy bien afiladas. El gigante topo le dijo al pequeño: «Saca lo que traes», y el más pequeñito, con voz temblorosa, contó una a una las veinte monedas de oro que traía envueltas en una manta muy vieja y, al haber terminado de hacerlo, le dijo un tanto miedoso: «Cumplí con lo

que pedías, ahora, me entregas a cambio a mi hermano menor...». Entonces, sucedió una escena tremenda, el topo de botas, de un solo empujón, lo metió a un baúl, al que puso un fuerte candado y, después de hacerlo, repitió como enardecido:

—Ya tengo en mi madriguera las veinte monedas que me harán el más poderoso de la Tierra —y, tomando entre sus garras aquella que al topo casi le costó la vida, decía—: La bruja ha perdido el poder que tenía y, con esta en mis garras, podré obtener lo que quiera —mientras poco a poco se fue retirando con la llave del candado del cofre donde yace aquel topo, la que colocó en una de las bolsas de su bata tejida con hilos de oro.

Del cofre emanaba un llanto muy triste cuando, de pronto, surgió un gemido de los otros y entonces comprendí que en cada uno de ellos había varias criaturas encerradas, quienes, sin ninguna duda, se lamentaban porque otro ser había llegado a sufrir, lo que ellos vivían siendo presos del topo. La historia de cada baúl era triste y yo no podía quedarme sin hablar con aquel que acababa de ser empujado por las garras del monstruo. Pasó largo rato, cuando, de pronto, ya nadie gemía, y fue en ese preciso momento de aquella caverna tan abandonada cuando en voz baja toqué con mi puño aquel baúl: «Señor topo», y nadie habló desde su interior. Al cabo de unos minutos y de acercarme al filo de la tapadera de aquel cofre inmenso, logré divisar que aquel animal pequeñito temblaba del miedo al oír mi voz. Le dije:

—No me tema. Al igual que usted, yo vine para recuperar la felicidad que un monstruo me robó y ando por toda la tierra siguiéndola, y cuando lo escuché decir que iba corriendo tras ella, le seguí por todo el camino y, si lo recuerda, cuando aquella hechicera lo iba a matar, le tendí este lazo azul que por un

momento lo libró de morir calcinado en los rayos de fuego que ella le lanzó…

—Ay, niña, gracias por tu ayuda, pero de nada sirvió, pues el ogro del topo me ha encerrado en este baúl, del que nunca saldré y, lo peor, es que no podré lograr lo que más he querido en mi vida, salvar de las garras del topo a mi hermano menor, a quien el malvado ogro hace varios meses nos arrebató.

—Disculpe, señor topo. Yo recuerdo que al salir de la cueva con aquella moneda usted decía que al fin había encontrado la felicidad y por eso le seguí, porque desde hace años un abominable que tiene en su cuerpo mil plumas me la arrebató. Pero, después de escucharlo, ahora que lo pienso más detenidamente, quiere decir que usted es el hermano de aquel ladrón que me robó aquella flor…

—Eso no es cierto, niña, es una grave acusación, mi hermano es incapaz de hacer el mal a alguien y nunca le robaría ni un pedazo de pan, no vuelvas a llamarlo ladrón y, si lo haces, vete de aquí, por favor.

—¡Claro que me voy! —le respondí y salí de allí. Me fui alejando por un camino del laberinto con aquel sentimiento infeliz, luego de haberle repetido de nuevo—: Aunque usted no lo crea, su hermano me robó lo que me pertenece solo a mí y por eso es un ladrón y, si lo encuentro, lo colgaré hasta que me diga mil veces perdón.

Al dejar esa cueva, caminé largo rato y algo en mi interior me decía que, si seguía el camino sembrado por manzanos, iba a llegar hacia un lugar muy pintoresco y es que su antesala era una pintura natural excepcionalmente bella. Las manzanas se entrelazaban con árboles de ciruelas y, al borde del camino, en paralelo a este, había canaletas de agua, de donde sobresalían

pequeñas balsas de madera. Más al fondo, lograba divisar a pocos metros de distancia docenas de casitas de madera, las que,
tintadas de verde oscuro, contrastaban con el verde limón de
los patios que lucían un césped, perfectamente cortado. En sus
jardines había pequeños gansos de madera saludando cordial-
mente con sus alas a todo el que circulaba por allí; también había algunas ranas de cerámica que adornaban graciosamente
esa estancia. Había gnomos de madera, cuidando de cada pequeño jardín, quienes llevaban carretitas rojas cargadas con trozos de leña, los que parecían cuidar, muy orgullosos, esos pequeños huertos caseros, tan perfectos, entre los que sobresalían
gigantes brócolis, repollos, lechugas que, trazadas en líneas a
la perfección, mostraban sus hojas de seda brillosa. A cierta distancia de ellas, sonaban las campanitas del ganado crema con
cada movimiento que hacían entre grandiosos pastizales, alrededor de los cuales una señora de edad, con un enorme delantal, meneaba algo dentro de un barril partido a la mitad. Salté
una verja blanca, corté unas ciruelas y, con el sabor dulce en mi
boca, me aproximé lo más que pude, hasta que ella lo notó y
me invitó a pasar a aquel bote, el que me llevó hasta donde se
encontraba. Me bajé con curiosidad a ver lo que hacía y me di
cuenta de que era la mezcla para elaborar unas inmensas bolas
de queso; a algunos les agregaban las yerbas frescas que culti-
vaban, a otros algunas especias. Ella tenía un delantal inmensamente grande, el que lograba cubrir sus lindas y blancas pe-
zuñas, las que lucían un anillo que tenía una mariposa que
lanzaba luz, como lo hacían mis zapatillas de cristal, a las que
Bují, en nuestros viajes intergalácticos, les había agregado un
brillo que nunca se ha de difuminar. «¿Quieres probar?», con
una voz tan dulce me preguntó y, al sentir su sabor, me fascinó.

Al cabo de un rato y de escuchar el relato orgulloso de la señora vaca, quien me explicaba paso a paso sus recetas multivariadas de exquisitos quesos para fundir sobre rodajas de un pan de granos, llegaron unos potros a buscar, en sus bonitas canastas, unos cuadros de queso para hacer fondue. Fue cuando me di cuenta de que había llegado a la ciudad donde el ganado reinaba. Sus habitantes eran amables, cordiales, allí no había pleitos de ninguna índole, y me ofrecieron hospedaje, gratis, lo que no sucede en otras ciudades. Me quedé unos días con ellos y aprendí que todos sus ciudadanos practican reglas que son realmente ejemplares. Los letreros parecían regir los actos a seguir, en algunos leía: «*Sonríe y has feliz a los demás*», «*Aprende a escuchar*», y fue este último el que vibró más en mí. Me remití a mis días en el laberinto de los Andes, donde ni siquiera le pregunté su nombre al grandioso amigo alpinista, ni donde me interesé por la vida de Miel, a quien tanto quería… Fue cuando agradecí a todos por su grandiosa hospitalidad y su inmensa generosidad y decidí caminar por mi laberinto, donde tenía que encontrar mi hogar, a mis amigos, mi pelota y a mi felicidad… La señora del delantal de color azul me preparó, en un pañuelo cuadriculado verde y blanco, algunos pedazos de muy buenos quesos y me entregó unos trozos de pan. Todavía recuerdo el sonido de las campanitas vibrar en mi corazón, cuando dejaba esa estancia donde todos unidos decían: «Vuelve pronto, Carmín».

La vida en aquella comarca.

abía llegado recientemente la primavera y los rayos de luz fortalecían una a una cada flor que renacía a un nuevo día. Las había de tez muy redonda mirando siempre con la cara hacia el sol, las otras formaban gajos azulados repletos de minúsculos pétalos y al centro de la plaza habían situado las rosas, las que perfumaban con su olor toda la pequeña comarca. Al lado de un pozo que entona una música grata, estaba una niña de rizos que brillan con la luz del sol. Halaba un cordel con el que traía agua fresca, mientras yo evoqué con aquella escena, tan grata, mis días de ayer: «Había un ternero llamado Carmelo». Los potros traían la brisa de la prisa de su paso. Las gallinas, con mucha paciencia, esperaban poder levantarse de sus nidos y, desde el limonero, solía ver cómo papá solía cuidar de su granja, mientras mis hermanos correteaban y Dan, mi amigo, el duende, se metía por entre las ramas del cerco de claveles del patio, repitiendo una multitud de veces: «Ten cuidado, Carmín, te puedes fracturar tu otro brazo». En la vida de mi hogar, había un gran pozo y, alrededor de este, sucedía toda una multitud de acontecimientos y, sin él, nuestra vida nunca hubiese sido igual. Él era uno de los principales protagonistas de nuestras vidas, lo queríamos mucho y cada vez que hablábamos con ese gran personaje, o que le entonábamos hermosas canciones, destilaba una agua tan fresca que, al beberla, a todos nos producía inmensa alegría. Los amigos de mi infancia me hacen falta, y ahora que lo recuerdo: «¿Adónde estará Carbón?»; por andar en todo esto lo dejé durmiendo, ¿se habrá despertado, o seguirá sintiendo que duermo al lado de él?

En este pequeño recorrido del laberinto, he encontrado mucha armonía, los niños y las niñas juguetean sanamente en el parque, alrededor del cual navegan unos cisnes tan elegantemente. El entorno está bordeado por canales de agua clara, en los que me sumerjo al lado de patos tintados naturalmente de verde botella, de pequeños gansos, con algunas plumas que aún no desprenden su infancia tintada de negro azabache, y de unos que, grandes y muy elegantes, se han vestido igual que la nieve que luce actualmente la majestuosa cordillera de los Andes, adonde por cierto, muy pronto, estaré disfrutando de mi amiga Miel.

—¡Ya lo imaginaba! —una vocecita lejana replicó—: Le dije a Dan que vendría a esperarte al único pozo de agua fresca que queda en el laberinto donde andas.

—¿Quién habla? —esta vez pregunté.

—Soy yo, aquí estoy —contestó.

Le dije:

—Escucho tu voz y no veo de dónde proviene...

—Aquí abajo estoy, no puedo volar, se ha roto mi ala.

Entonces, yo le respondí:

—Tu voz me recuerda a mi amigo de infancia, el zompopo con alas.

—Aquí estoy, he venido a encontrarte en esta estancia de paz que recorres, me encuentro debajo del hongo redondo color rojo.

—¡Amiguito mío, qué feliz me hace tenerte de nuevo en la palma de mi mano!

Y el zompopo feliz me miró y nos carcajeamos los dos…

—¡Se ha roto tu ala…!

—No llores por ello, Carmín, no lo hagas sobre tu palma, me puede llevar la corriente que haces de lágrimas; recuerda que no puedo volar y librarme de ella.

—¡Perdona, zompopo!, ¿quién cortó tu ala?

—Fue el viento que hicieron la bruja y su sapo, cuando quisieron tragarme de un solo bocado. El ala ha quedado atrapada dentro de un cofre muy grande, donde el ogro malvado que habita una cueva muy negra ha guardado a un topo que le dio unas viejas monedas. Cuando lo empujó, con la fuerza de su mano, mi ala entre el viento voló hacia ese gigante baúl. Un búho muy sabio que vive entre el cerco de claveles me dijo que en la más elevada montaña hay una flor tan blanca, que segrega una esencia que puede volver a pegarla y que con esa sustancia se sana.

—Iremos a recuperarla y muy pronto tendrás tus dos alas…

Algunos días han transcurrido en esta estancia, donde reencontré a uno de mis mejores amigos y, en ella, por cierto, he conocido a un sabio que ha perdido la cuenta de sus años; su receta es no contarlos, aunque los vecinos dicen que él está encantado, pues es quien ha sido el fundador de la comarca, la que lleva más de setecientos años. Y al oírlos, él sonríe… Ese sabio barba larga y mirada bondadosa me ha hablado de la paciencia, de que con ella de aliada, conseguiré más que si me encuentro ofuscada. Me ha dicho que para encontrar la felicidad debo perdonar y que, además de hacerlo, debo saber leer las señales que me envía el universo. Que si lo hago, muy pronto la tendré entre mis manos.

—¿Qué miras en el cielo, Carmín? —preguntó el zompopo.

—Las señales que aquel sabio me enseñó a leer y lo que veo es que ya va a llover… —y, al decirlo, la lluvia cayó. E inmediatamente corrimos los dos y el hongo en segundos creció; entonces, por debajo de él nos metimos, mientras el zompopo me hacía reír con sus gracias.

—Eres hechicera, vaticinas muy fuertes tormentas… Devuélveme mi ala, niña sabia.

Y cuando terminé de decir «ABRACADABRA, aquí está tu ala», para adiestrarme en la magia, apareció mi amiga eterna, la luciérnaga.

—No puede ser…, de verdad que eres maga —pronunció el zompopo volador, quien ahora es andador… y nos reímos los dos, más bien los tres, cuando, de repente, del cielo cayó un pétalo idéntico al que he guardado al fondo de la bolsa de mi delantal…

—Hoy sí, el cielo me dijo que debo de ir tras él.

—¿Tras quién? —preguntaron los dos.

Yo les contesté:

—Tras aquel colibrí, que se burla de mí.

—Eres fantasiosa, Carmín.

—No, no lo soy —respondí.

—¡Qué feliz me hace estar con los dos! ¡Te he extrañado tanto, amiga luciérnaga!

—También yo.

—¿Qué has hecho estos años?

—He estado cuidando de tu cuarto, atenta al armario.

—¿Has visto a los monstruos? Ha vuelto la boa a quererme llevar para almorzarme de un solo bocado…

—La verdad que no. He estado soñando en tu almohada, esperando que tú pronunciaras la palabra mágica, que solías decir cuando aquellos llegaban a raptarte a tu cama.

—Es cierto, ahora recuerdo que cada vez que el canguro o la boa entraban a robarme y yo decía ABRACADABRA, tú aparecías, como por arte de magia, e inmediatamente ellos se esfumaban…

—¡Qué lindo que estamos los tres!

Mientras nos abrazábamos, llegó el eco de un gemido que nos condujo hacia una siembra de flores de todos los colores, en medio de la cual había una preciosa madriguera adornada de tonos color esperanza y, al fijar la vista al final de ella, logramos divisar a una señora topo, quien en su diminuta y blanca mecedora bordaba en el centro de un mantel las caras de dos topos.

—¡Qué lindo bordado, señora! —pronunció el zompopo, y ella contestó con cierta nostalgia mostrándolo:

—Estas son las caras de mis pequeños hijos, los que un ogro me ha arrebatado.

Al escuchar lo que ella dijo, me di cuenta de que era la madre del topo que llevaba en sus patas aquella moneda y del malvado raptor de mi flor.

—Tenga fe en que ellos vendrán —dijo la luciérnaga. Mientras, allá a lo lejos logré escuchar el sonido del vapor que, si no llego pronto, me puede dejar… Por lo que, le dije a mis dos amigos:

—Pronto vendré y a ti te prometo que te ayudaré a recuperar tu otra ala.

—Que la pases bien —mencionaron los dos.

Corrí con una intención: tomar el navío que me iba a llevar hacia otros destinos para encontrar mi felicidad, mientras mis dos grandes amigos se quedaron escuchando muy atentos a la madre de aquellos dos topos y del emplumado, a quien muy pronto desplumaré, para que tiemble de frío un buen tiempo y que aprenda que nunca se le roba a nadie lo que no le pertenece.

Mientras lloraba, ella me visitó

Entré a mi camerino y lloré tanto que me quedé profundamente dormida y, al despertar con hambre, saqué de mi delantal un buen trozo de aquel pan, el que misteriosamente no se acababa nunca. Me sentía tan segura allí adentro, porque nadie irrumpía mi paz interior. No había ningún ser que me distrajera de mi objetivo fundamental: «Agarrarlo y vengarme de aquel raptor». Y es que creo que ya llevo más de diez años buscando mi felicidad.

Después de algunos días de ver las olas tras la ventana, de imaginarme aquella dulce venganza y de pensar detenidamente en lo que iba a hacer para lograrlo, empecé a pensar por un momento en mi amigo el zompopo y en la forma como le podría ayudar a recuperar su ala. Pensé que con mi lazo mágico pudiera lograr entrar por el orificio del cofre y que quizás, al hacerlo, podría romper con su fuerza el candado. Que al lograrlo y salir de aquella cueva, podríamos viajar subidos sobre él y dirigirnos hacia la montaña donde está la flor que el búho le dijo a mi amigo que le puede sanar su ala rota. Pero… había algo que me detenía y es que yo le había dicho a aquel topo que nunca jamás volvería a ese lugar horrendo y, si lo hacía, iba a violar mis propias palabras y eso no me agradaba para nada. La verdad es que me agobiaba la idea de cambiar de parecido, cuando había sido yo quien había dicho que nunca volvería a aquel horrible lugar. La cabeza me daba mil vueltas, mientras llegaban ciertas voces: «Pensará que eres mentirosa, que no tienes palabra». «Tú dijiste que no volverás a llegar, entonces no hay ninguna excusa para hacerlo» y, cuando estaba enfrascada escuchando las voces que desde hace tantos años me llegan a hablar, de repente apareció el caballito de alas doradas, las que sacudió sobre mi cabeza, dejando caer sobre ella unos polvitos que, siempre que me los lanza, cambian un tanto mi manera de pensar. Y sucedió que, apenas lo hizo, un sentimiento vino a mí: «Sus alas tienen más importancia que nada», y con esa decisión me recosté sobre la almohada.

Cuando me desperté, noté que mis rizos estaban más dorados que nunca y fue en ese momento, precisamente, cuando descubrí por qué aquel niño vecino de mi camerino gozaba tanto con el par de delfines que solían dibujar piruetas sobre las olas del mar… Fue entonces cuando me empecé a reír de verlos tan felices saltar y realizar un sinfín de acrobacias. Tenía frente a mí a un par de maravillosos acróbatas, quienes, en mi trayectoria anterior, me molestaban y no me parecían para nada graciosos. Verlos realizar sus juegos me deleitaba tanto que me hacían gozar muchísimo, tanto como cuando jugaba con la pelota de baloncesto que no he podido rescatar aún… Y luego de dormir y de reponer todas las fuerzas perdidas, de llorar y de sacar todas aquellas experiencias del laberinto de mi vida, tomé unas páginas que estaban guardadas en la gaveta del secreter del dormitorio del barco y, con una pluma antigua que debía impregnar con una tinta tan azul, como este mar, empecé a escribir…

«S. F. En el mar.

Querido diario:

Me encuentro en un navío sin rumbo fijo, ni tan siquiera he indagado hacia dónde vamos; sin embargo, aquí estoy en mi camerino sobre un viejo escritorio hablando contigo. Mis amigos se han ido o, más bien, los dejé para poder estar un momento aquí contigo; de lo contrario, no me hubiera podido sentar a narrarte lo que he vivido. No sé cómo es que llegué hasta aquí; todo inició cuando mi pelota rebotó tan alto, que entré sobre un gran muro de claveles que no podía trepar y en uno de mis intentos para sobresaltarlo, caí sobre un corredor repleto de flores de todos los colores y así fue como nunca pude salir de él, y es que, debo decirte la verdad, me agobia que me distraigan de mi objetivo medular: "COLZARLO DE LAS DOS PATAS". Además, debo de confesarte que estoy triste, que sin mi flor completa no puedo ser feliz, que extraño tanto los cuentos que solía narrar papá, el hechizo con el que solíamos gozar cuando en la mesa, cual si un mago, mi padre repetía la palabra ABRACADABRA, que a todos nos hacía gozar de felicidad...».

Y sucedió que mientras escribía y repetía ese mágico vocablo, con voz fuerte y bien entonada, como él nos enseñó, una nube mágica entró a mi camerino y, al explotar, descargó algo que mis ojos no lo podían creer…

—¿De dónde has salido, amiga luciérnaga?, o, más bien, ¿por qué te has vuelto a aparecer?…

—Porque me acabas de llamar, Carmín.

—¿Y dónde está nuestro amigo volador?

—Bueno, cuando me llamaste, los tres nos dirigíamos hacia la cueva del ogro e íbamos a rescatar a los hijos de la señora topo y a recuperar el ala que la bruja y el sapo le robaron al zompopo volador.

—Dices que los tres…

—Sí, la señora topo nos acompaña… más bien, ahora le acompaña, porque que cuando pronunciaste ese vocablo mágico, me trajiste hacia ti.

—Ay, amiga, mucho lo siento, yo no quise dejar al zompopo solo. ¿Cómo puedo hacer para que vuelvas a estar con él?

—No es posible, Carmín, porque esta vez me llamaste cuando tus sentimientos eran de tristeza y debo de acompañarte hasta que logres ser feliz.

—¡Ay, amiguita mía!, ¿qué hará el zompopo sin nosotras?

—Bueno, Carmín, creo que con su alegría y energía logrará recuperar su ala y le ayudará a rescatar a la señora topo a sus dos hijos.

—Si lo hace, colgaré de las alas a la bestia emplumada.

—¿Cómo dices, Carmín?

—No dije nada.

—Tú y tus fantasías, otra vez.

En otra estancia, de mi gran laberinto

—¿Adónde nos dirigimos, Carmín? —mi amiga cuestionó y yo le respondí:

—He notado con los años que este buque está encantado y que no tiene timonel; cuando ancla, yo me bajo a buscar a esa criatura que huye de mí y, cuando parece haberse esfumado y ha logrado escapar, él me llama para emprender otros horizontes e intentar localizarlo, pues parece que posee buen radar.

—¿A quién?

—Bueno, la verdad es que busco al bribón y, cuando lo vea, lo agarraré de las dos patas, lo colgaré y…

—¿De quién hablas?

—Ya lo verás…

—Pero, Carmín, tú nunca has sido ingrata para hacerle eso a nadie.

—No lo soy, estoy siendo justa.

—¿Justa, de esa manera?, no lo creo.

—Mejor observa y luego me darás la razón… Ahora vamos juntas a agarrar a aquel ladrón.

—¡Un momento, Carmín! Yo no dejaré que le hagas eso a nadie, es muy cruel.

—Más cruel fue él.
—¿Qué es lo que te hizo?
—Me mató.
—Pero… si estás viva…
—¡NO!

Viajando con mi amiga, la luciérnaga

—Bueno… si dices que te mató, te acompañaré, no vaya a ser que quiera volver a matarte (aunque yo veo que estás viva), pero antes tienes que contármelo todo, completamente tal y como es.

—Disculpa, amiga, pero tengo prisa, te prometo que al regresar al barco y en nuestro camerino, ya tranquilas, sin duda alguna que lo haré.

—Está bien.

Aquel vapor, que era mi aliado en mi búsqueda, esta vez se detuvo a los pies de las montañas más elevadas del planeta en que vivimos; al atracar en un lugar donde se alcanzaba a ver a lo lejos un antiguo monasterio, un joven misterioso de voz pausada nos recibió con un gesto muy cortés. Me dijo:

—Vienes desde muy lejos, he preparado para las dos algo de tomar que les devolverá la vitalidad.

—¡Gracias! —dijimos ambas.

—Has viajado largos años.

—Sí, la verdad es que ni sé cuántos —y él dijo:

—Bueno, es que quizás ni se deban de contar.

—¿Por qué no? —exclamé.

—Porque el tiempo en la Tierra es tan solo una ilusión —respondió. Entonces mi amiga la luciérnaga, con un gesto de su cara, mientras salía de la bolsa de mi delantal, reafirmó:

—Estoy completamente de acuerdo con usted.

—Eres una luciérnaga muy iluminada —replicó.

Y noté que ella ni tan siquiera se inmutó, como les sucede a los humanos cuando alguien les señala alguna cualidad; sin embargo, yo sí respondí.

—¿Por qué la llamas así, si ni tan siquiera la conoces?

—Es que antes de que atracaran en Tíbet, lo sentí y en el viento escuché cuando te dijo que tú nunca habías sido ingrata y eso es una gran verdad.

—¿Y tú qué sabes de mí para hablar así?

—Ven, Carmín, hace frío e hice un té de bienvenida para ti.

—¿Y para mí?

—Por supuesto que también.

Al llegar a su hogar, un perro muy grande —un tanto extraño y diferente a Capitán— nos salió a saludar. En su vivienda antigua, las ventanas eran de todos los colores habidos y por haber y, por medio de ellas, penetraba un prisma que coloreaba intensamente mis zapatillas rojas de amarrar –las que es tiempo de limpiar– y que nunca, por cierto, me he de quitar. Había varias esculturas de metal, con miles de manos a la vez, las que parecían danzar al son de una dulce melodía que sostenía una armonía que poco a poco me hizo sentir tanta paz… Tenía tiempos de no experimentar esa sensación, y es que los últimos años no había tenido un espacio para sentarme en la quietud a descansar y a reflexionar. Era la primera vez en tanto tiempo que me sentía así. Y mientras ellos danzaban, yo escuchaba el sonido de cristales, que se entre mezclaban con el de las flautas

y, más al fondo, logré sentir el arpa y unas voces que pronunciaban ciertos mantras. «¿Quiénes cantan?», con curiosidad quise saber. «¡Son los monjes…!», contestó aquel joven generoso que sabe preparar un buen té. Y nos narró que ellos, con sus voces, armonizan con la naturaleza entera. Al cabo de unos minutos me enseñó los instrumentos que su padre solía tocar hace algunos años:

—Este es hecho de fina madera, el más pequeño es de una especie de calabaza, los hay de bambú y aquellos son de arcilla, de jade y de una aleación de cobre, que produce tonos muy agradables.

—¿Y tu padre, dónde está? —le pregunté.

—Tuvo que dejar estos rincones que tanto ama y huir de nuestro hogar, es que a él lo perseguían por estar en desacuerdo con el régimen militar.

—Lo siento —contesté.

Tomamos el té más aromático que yo recuerde haber probado y luego llegamos a una estancia llena de tersos cojines de la más fina seda, donde mi amiga y yo nos recostamos con la ilusión de emprender una ascensión que nos llevará hacia el gran monte Everest.

En mi recorrido por el Everest

La mañana había amanecido llena de gotas de rocío, el agua corría por entre las veredas, formando pequeños canales que irrigaban la naturaleza perfecta que nos bordeaba. El viento matutino alegremente nos invitaba a escalar con júbilo guiados por la voz de ese monte que alberga en su cima la vestimenta del agua completamente congelada. Para algunos, lograr subir el maravilloso Everest significaba una grandiosa aventura. Para otros, lograrlo y meditar sobre su cima era una experiencia tan mística; había quienes buscaban fama y vencer el miedo que desde siempre los acompañaba. Para mí, escalar hasta su cima, además de poner en práctica mis lecciones de alpinista que había recibido con mis amigos de los Andes, significaba la posibilidad de encontrar al... más pequeño ladrón, que habita en mi planeta.

Nuestro amigo, o más bien quien gentilmente y tan hospitalariamente nos había recibido, se encontró con un joven llamado Dorjee, él era de corta estatura, muy alegre y su edad parecía rondar los 35 años. Era quien nos iba a guiar y ayudar a lograr la ascensión hacia el Everest. Había, en nuestro inicial recorrido por esa parte del laberinto, las vistas más transparentes que he alcanzado a observar y ante ellas debo de confesar que me quedé perpleja, ¡era tanta su belleza! Las montañas poco a poco se iban volviendo cada vez más azules y, entre el sonido cadencioso de nuestra respiración, empezaban a visitarme profundos pensamientos. Dorjee a veces repetía ciertas frases que se adherían a lo más profundo de mí, mientras mi amiga, la luciérnaga, me decía: «Esa frase es señal de algo más, fíjate bien…». Caminamos largo trecho entre los yacs y llegamos a nuestro primer campamento. Era agradable detenernos a acampar y, cuando habíamos saboreado nuestros apreciados alimentos, una voz interior me invitó a entrar en la tienda de campaña antes de que mis compañeros lo hicieran, y aproveché esos momentos a solas para escribir algo de este viaje que nos llevaba hacia las alturas. Abrí mi mochila y saqué a mi compañero inseparable para narrarle algunos de mis aprendizajes.

Primer Campamento

Debo de agradecerle a la vida, querido diario, la compañía de la luciérnaga, mi amiga, quien decidió, pese a que el zompopo anda solo cerca de esa cueva tenebrosa, acompañarme hasta que tenga en mis manos a mi felicidad. Amigas como ella son pocas y tenerla es una bendición que debo saber valorar a profundidad. Se han cruzado en mi camino, posiblemente, dos nuevos amigos. El uno nos ha recibido con una música que ha nutrido

mi golpeado corazón; mientras el otro, de ojos rasgados, es muy simpático y veloz, pero, además de eso, habla cosas muy profundas. Entre algunas de sus frases, ha llegado a mi alma algo que dijo cuando subíamos una empinada muy rocosa:

«En el camino hacia las alturas, debes llenar tu corazón de sentimientos puros y botar los que te sean pesados, así tu paso ha de ser más liviano, lo que te ayudará a escalar».

Me impresionan los parajes, son tan blancos que parecen gigantes páginas de un libro congelado, el que es escrito con las huellas de los seres, quienes, como nosotros, agregamos con nuestros ensayos, errores, aprendizajes, una historia que entrelaza una novela donde los protagonistas viven, han vivido y vivirán sus experiencias. Este día, debo de confesarte, amigo mío, he realizado después de muchos años de querer castigar duramente al intruso, que no es eso lo que realmente busco, que lo que verdaderamente me ha traído hacia Tibet no es colgar de las dos patas al mentado colibrí, sino que lograr recuperar mi rosa, la que aquella niña me envió y la que aquel de mal corazón me robó. Intentaré concentrarme en ese sentimiento que me hace sentir más liviana, para el día de mañana, en el que nuestra meta es llegar al segundo campamento para lograr escalar este grandioso Everest.

Hay un recuerdo, querido diario, el que me impulsa a subir hacia ese monte que sobrepasa las nubes y es el eco de la conversación que no pude acabar de escuchar, cuando el ejército de hombrecitos azules, con agujas muy bien afiladas, me llevaban hacia un «mundo mejor». Tengo grabada la música de las palabras que entonaba aquel sabio pájaro, cuando le empezaba a narrar a sus alumnos emplumados que se puede encontrar la felicidad luego de subir una gran escalada y algo me dice que estoy a pocos días de reencontrarla y que, en la cima, lo voy a lograr.

Me desperté súbitamente cuando escuché entre las ráfagas del viento un canto alegre que parecía salir del antiguo monasterio que habíamos dejado atrás hace algunos días. La brisa parecía haber grabado en su memoria los cantos ancestrales de los monjes, cuando se vivía una atmósfera de libertad y de paz. Me fusioné con ese sonido tan puro que ha retenido sabiamente el viento y lo llevé hacia mis adentros, cuando al caminar un poco más allá divisé a distancia algunos grupos de bambúes, de ciertas variedades de pinos que se arrullaban con las ráfagas del viento, los que habíamos dejado atrás y, en la cercanía, al lado de los pocos arbustos que aún quedan, de líquenes y musgos, vi a dos de mis compañeros haciendo sus ejercicios de meditación, mientras mi amiga alada, acostumbrada a invernar sobre la almohada de mi cama largo tiempo, soñaba que la vida es tan solo una ilusión…

—Beberemos el té muy caliente y pondremos algo de él en los térmicos, lo que nos ayudará en el recorrido de esta etapa hacia el segundo campamento —dijo nuestro guía.

Tomamos nuestros alimentos y debimos de beber muchos líquidos antes de iniciar la caminata.

—Qué frío hace aquí —pronunció mi buena amiga, mientras con su minúsculo gorro de la lana de yac se sumergió en la bolsa de mi delantal.

Anduvimos a un paso constante y fue durante nuestro andar cuando nos encontramos con los bosmvtus, los que noté ser tan diferentes al ganado que teníamos en la granja de mi infancia.

Segundo Campamento

«¿Cómo estará mi granja…?». Y un sentimiento de nostalgia me embargó. «Últimamente no he recordado a Carmelo, ni a Mariposa, su mamá». Y en ese recorrido fui pensando en todos ellos, me absorbió tanto todo aquel sentimiento que viajé hacia aquellos días y jugué con Dan, mientras papá y mamá hacían sus labores y mis hermanos jugaban con una especie de carreta que ellos mismos habían elaborado. Sentí mucha humedad y empecé a caminar buscando de aquella agua tan fresca que el pozo de mi comarca nos sabía dar, cuando una voz determinante me detuvo y pronunció:

«Detente, Carmín, no des un paso más », y al escucharla me di cuenta de que tan solo era una ilusión, que en un instante me había divagado, creyendo que estaba en mi granja de infancia. «Retírate rápidamente y acércate hacia nosotros», y al escucharlos la adrenalina me impulsó a llegar velozmente hacia mis compañeros guías que me llevaban hacia la cumbre de aquel monte, cada vez, más azul. «¿Qué hice?», cuestioné. «Perder la concentración y eso pudo costarte la vida, Carmín, cuando sientas que te acercas a algo que es húmedo, aléjate inmediatamente… puede ser una cascada congelada que, al pararse sobre ella, se pudiese quebrar, e irías a caer a un precipicio abismal». Y al oír lo que me hubiese podido suceder, les seguí tan de cerca como pude y evité traer el ayer a este momento tan retador en el que me encuentro ahora, y que requiere de mi mayor concentración.

La luciérnaga a cada minuto me recordaba: «No pienses en nada que te distraiga, concéntrate en cada paso que tú das», y efectivamente así fue, no sé ni lo que vi durante la trayectoria que llevábamos hacia adelante, pues preferí hacerle caso a ella e ir pendiente del camino inmediato a cada paso que yo iba a pisar, cuando de repente e inesperadamente frente a nuestros ojos apareció, entre grandes paredes completamente congeladas, el segundo campamento. «Hemos llegado», anunció nuestro guía sherpas. Al acomodarnos tan rápidamente como pudimos, bebimos de ese té un tanto mantecoso y agradable para nuestro estómago, que parecía a gritos pedirnos algo caliente. «¡Qué rico sabe!», exclamé, mientras nuestro guía decía: «Además de ser muy sabroso, nos hará mucho bien», y mi amiga, que salía de la bolsa de mi delantal, expresó: «Después de un día como este, dormiré profundamente…; ¡buenas noches!». «Si es temprano», dije yo, pero ella ni siquiera respondió. La tarde nos fue introduciendo hacia nuestra tienda de campaña, ante aquel viento de afuera, que calaba sobre nuestra piel. Ya adentro y tomando más de aquel delicioso té, conversamos sobre nuestras lecciones del día.

Nuestra platica se solía detener debido a que, cada vez que el viento rebotaba sobre la piel, me solía distraer de tal forma, imaginando que podrían venir algunos personajes parecidos a los que se posaban sobre el armario en mis días de infancia… «¿Sucede algo, Carmín?», me preguntaban, y yo contestaba: «Nada». Y mientras ellos felices comentaban sobre parajes maravillosos que habían conocido en aquel recorrido, yo me preguntaba en mis adentros: «¿Adónde estaban, que no los recuerdo para nada?», fue entonces cuando me di cuenta de que por tener ese espejismo de estar con mi familia en la granja y, luego de ir viendo hacia lo que patearía con mis pies, no me percaté de lo que sucedía a nuestro alrededor. Me fue muy difícil conciliar rápidamente el sueño, varias veces regresaba a aquella experiencia tan peligrosa cuando a punto estuve de caer en el vacío y así me fue venciendo el sueño gradualmente, hasta que abrí de par en par mis brazos y volé con un mago que llevaba en su sien una estrella dibujada y, al sentir el gran espíritu que me envolvía en la cima del Everest, me di cuenta de que el colibrí volaba. Con aquel sabio conversamos largo rato, mientras mis amigos envueltos dormían y el viento se encargaba de lanzarnos hacia el espacio y volvíamos a posarnos sobre el mismo punto donde amenamente dialogábamos. Al cabo de una larga conversación donde me narró sobre los misterios que las montañas encierran, le comenté que yo andaba tras la búsqueda de mi felicidad y que había llegado a aquel imponente monte, porque un sabio pájaro y un amigo de los Andes pensaban, como yo, que la felicidad se encuentra en las alturas…; se quedó quieto en silencio y luego de unos instantes me contestó: «La felicidad es algo tan profundo y, a la vez, es tan sencillo de encontrar…». Cuando de repente, el sherpas me dijo

al oído: «Despierta, que es hora de emprender nuestro recorrido hacia el siguiente campamento».

Tercer Campamento

Me levanté con una gran energía, como si hubiera dormido dos
noches completas y, al emprender hacia el tercer campamento,
empecé a sostener un monólogo existencial. «El mago dijo que
está en la profundidad… y ni siquiera he considerado buscarla hundida en las profundidades del océano. Sí, él dijo eso. ¿No
sé qué estoy haciendo en esta expedición hacia el Everest?».
Mientras mis tres amigos andaban, yo deseaba volar como ayer;
no me encontraba bien, quería bajarme y embarcarme en el navío que me llevaría a lo más hondo de ese mar, donde mis amigos, los delfines, quizás me podrían acompañar. Ese recorrido
me pareció tan aburrido, que casi ni hablé y por más que mis
compañeros parecían disfrutar de cada momento, la verdad, es
que yo me quería lanzar al firmamento para llegar directamente a posarme sobre la proa del barco y decir con toda claridad:
«Vamos hacia las islas Marianas».

Al cabo de un rato largo de batallar conmigo misma, una
voz nos alertó: «Vamos a atravesar un túnel muy profundo,
con cautela hay que sobrepasarlo, adelante iré yo, les pido que
me sigan de la misma forma como lo hago…». Esa frase inmediatamente cautivó mi atención y me recordó las palabras
de aquel mago con el que anoche sobrevolé. Mientras pasaba
sobre el túnel PROFUNDO, como lo habían hecho mis tres
compañeros anteriormente, me detuve un instante a escuchar
una voz que provenía desde una escalera enorme de hielo en

forma de caracol. «Aquí está», repetía incesantemente, mostrándome sobre las paredes de hielo una proyección de la rosa que tanto había buscado; así que, en lugar de pasar sobre él, me adentré. Conforme bajaba en la escalera resbalosa de hielo, escuchaba más a distancia el eco de mis amigos que cada vez se repetía más sutil… «Carmín, sube, por favor», y logré retener cuando, a distancia, mi amiga la luciérnaga decía a los otros dos: «El hueco del túnel se cerró y no puedo ingresar para rescatar a Carmín».

Me encuentro frente a una multitud de espejos

Por aquí, Carmín», pronunciaba una fuerte voz, mientras otra más suave me decía: «¡Noooo!». El túnel de hielo, conforme descendí, cada vez se hizo de mayor amplitud y, al llegar hacia un salón repleto de espejos, pude ver que cada uno de ellos tenía una aldaba, la que al abrir me llevaría a un camino de otro laberinto. Al más pequeño de todos los espejos se le había olvidado borrar su episodio anterior y pude ver que todo el que ingresó por él se congeló. Me impresionó observar a través de ese pequeño espejo a enormes seres helados, quienes parecían gigantes, cubiertos de hielo, y me dio mucha pena leer la intención de un ser de túnica naranja que optó por ese espejo, la que congelada decía a sus pies: «Ayuda a los demás y verás la sensación que sentirás».

Decidí quedarme largo rato, esperando una señal, cuando recordé que aquel sabio de setecientos años me había dicho que la paciencia sería una buena compañía y me llené de ella. Detrás de un bloque de hielo me resguardé y esperé en el silencio de aquella estancia congelada. A veces, quisieron visitarme algunas voces: «Si escoges el espejo color azul, te irá muy bien», «mejor, entra al que tiene esa dulce apariencia», «nooo, esta es la oportunidad de agarrarlo sin que se dé cuenta», mientras uno de los espejos proyectaba al colibrí dormido con mi rosa sobre su nido, una fuerza en mi interior me acercó hacia él y cuando iba a abrir la aldaba para vengarme de aquel perverso, vino fuertemente desde mis adentros aquella frase que me hizo entrar en razón: «Escucha a tu alma y no temas a nada», fue cuando entonces decidí cerrar mis ojos y me di cuenta de que estaba en la estancia de la tentación y decidí retroceder. Pasaron los días y los espejos ya no hablaban; sin embargo, al cabo del tiempo, empezaron a proyectar nuevamente al colibrí carcajeándose de mí, como queriéndome enojar. Otras veces, dibujaban una cueva mostrando a mi amigo el zompopo dentro de un gigantesco cofre sufriendo por el maltrato de aquel ogro; y lo más duro fue cuando proyectaron a mi madre en su cocina cantando, mientras hacía el pan; a mi padre, jugando con mis hermanos al lado de Capitán y, aunque lloré al verlos y quise correr a abrazarlos, ninguno me logró atrapar. Me acordé de algo que conversé en el ayer cuando sobrevolaba con el ser de aquella estrella, él me dijo, en uno de sus diálogos: «Hay momentos en que debes saber discernir qué está bien y qué está mal», y así superé la tentación de adentrarme en esa proyección que en el fondo me quería atrapar y helar.

Al cabo de un tiempo, escuché a alguien que se deslizaba por la enorme escalera congelada. Cuando cayó, me di cuenta de que era un pequeño oso polar, quien al caer lloró. Inmediatamente un espejo tomó la forma de su mamá y el pequeñín feliz iba a adentrarse a él cuando, sin que el espejo lo notara, lo llamé por detrás de la inmensa pared donde me encontraba y le ofrecí un pedazo de pan que saqué de mi pequeño delantal. Llegó tan rápido que era obvio que estaba muerto de hambre,

fue cuando entonces el espejo proyectó a un ser abominable que parecía haberse enardecido porque los espejos encantados no habían capturado al oso polar, quien estuvo a punto de entrar y de quedar completamente cuajado. Detrás del muro congelado, el pequeñín y yo pudimos observar cómo el abominable golpeaba aquel espejo que quebró en mil pedazos y cuando al hacerlo se metió en uno que a mis ojos parecía ser el camino más bonito… su marco dibujaba a una niña que paseaba alrededor de una fuente cuajada de hortensias y de lindas azucenas. Entonces en voz baja le dije a mi pequeño compañero: «Ahora nos hemos encontrado en el recorrido donde debemos tener mucho cuidado de no caer en el mundo de las apariencias, pues si nos dejamos influenciar por sus voces, muy pronto abriremos la aldaba y ya nunca podremos salir de esa estancia», y el pequeñín, al escuchar eso, temblando de miedo me abrazó.

Amiguito, en el camino de este recorrido habrá algunas reglas que, si las violamos, podríamos caer en las garras del monstruo de hielo, que congela a los que se dejan llevar por el mundo de las apariencias. La primera será: «No creas en las apariencias, investiga bien», y la otra es: «No temas a nada, ni a nadie, que el miedo a veces te quiere atrapar y te hace caer». Emprendimos con cautela dentro del profundo túnel un largo recorrido por detrás de la pared y, mientras caminábamos los dos, sentía en mis adentros una sensación de querer encontrar a la mamá de aquel osito juguetón, a quien, como a mí, le gustaba tanto este pan que andaba siempre en mi delantal. Al final de este recorrido, donde los dos llegamos, había un lago de agua clara que debíamos de cruzar, para llegar a un lugar que parecía ser menos frío. Al menos, se veía que al otro lado del agua había bejucos donde nos podíamos proteger, montañas verdes y un arco iris, que era indicio de una mejor estancia. El osito dijo:

—No puedo nadar.

Y yo le contesté:

—Lo podremos hacer, de lo contrario, pudiera ser que el abominable se salga de aquel espejo y que, al percatarse de que hay dos criaturas caminando en su mundo, nos congele antes de llegar hacia otro lugar donde no tiene la nieve, que le da poder.

—¿Cómo lo sabes?

—Nadie me lo ha dicho, lo intuyo, osito polar.

—Pero antes de hacerlo, déjame ir a deslizarme a ese tobogán inmenso de nieve que hay adentro —y, antes de responderle con un sí, escuchamos los dos un estruendo que parecía quebrar lo que a su paso parecía encontrar.

—Inspira muy hondo el aire, retenlo adentro y, al estar debajo del agua con los ojos abiertos, patalea despacio como lo haré yo y conforme lo necesites, lo irás sacando poco a poco, por los orificios que tiene tu hocico.

—No temas a nada, que pronto estaremos los dos, en aquellos parajes donde el abominable monstruo no nos podrá congelar.

—Al contar 3, te lanzas conmigo —y el pequeñito exclamó:

—¡Se oye fácil!

—Lo es —respondí, y sin detenernos más, repetí:

—1, 2 y 3…

La corriente que la furia del monstruo formó

Se formaron olas que casi nos hacen volver donde el monstruo, nadamos contra la corriente y entre remolinos de hielo que él nos lanzó. Tuvimos que retener un poco más la respiración y, logrando nadar en las aguas más turbulentas que hay, fuimos a parar a una puerta que al vernos se abrió… Salimos los dos de aquella corriente y aprendimos sin el miedo incrustado a lograr nadar y al vernos nos abrazamos con enorme felicidad…

Era la primera vez que el osito recién nacido nadaba y que yo me había lanzado a hacerlo, sin haberlo logrado en mis días de infancia…

¡Me sentía feliz por el logro de los dos!, cuando de pronto y como por arte de magia un pétalo de aquella flor cayó sobre mis rizos completamente mojados.

—Aquí se encuentra —le dije en secreto al pequeño oso polar.

—¿Quién? —dijo él.

—El malvado —le contesté.

—No lo veo, ni lo intuyo —me respondió, y me calmé.

Parecía un palacio silente, donde una sombrilla abriendo su falda cuajada de flores de todos colores y bailando ballet nos llegó a recibir.

—¿Qué han venido a hacer?

—No sé —le contesté.

Y el oso le contó que un monstruo nos quiso congelar y que ambos nadando nos libramos de él.

—Pasen adelante, ¿desean bañarse, secarse y cambiarse esos trapos tan sucios que traen? ¿Tal vez tomar un batido de fresa y comer galletitas de almendra?

—¡Por favor! —dijimos los dos.

Entramos a una estancia muy bella, su aspecto impecable nos hacía andar con tanto cuidado; pasamos por un corredor y, mientras caminamos entre bellos adornos, el libro dorado salió de un rincón y expresó:

—Ese delantal le queda muy corto, su pelo no ha sido peinado, sus rizos están muy mojados —mientras más adelante escuchaba—: Cortaré unas guardas de tela de organza, las que, mientras se dé un baño de fragancias, le pondré a ese delantal, al que hay que agregarle dos cuartas... Y al oso hay que darle un baño de esencias.

Mientras, logré leer que en su lomo decía: «*Libro de etiqueta*».

La señora que andaba en puntitas nos condujo a unas alcobas muy bellas, donde el blanco mezclado con tonos de cielo mostraba varios libros, entre los que vi aquel de «papá oso, mamá osa y el osito menor», que solía leer con mis dos hermanitos... En su baño, había una tina con aroma a vainilla y el oso feliz se sumergió dentro de ella, donde se encontró con una pe-

queña tortuga, con quien se quedó conversando. Mi estancia era blanca, con tonos en lila y algunos adornos que sobresalían en notas de verde manzano. En ella había una colección de cajitas de cuerda, probé la que tiene dibujos de varias estrellas y de ella salió una música tierna. Tomé la redonda y, al darle varias vueltas, se abrió como flor, dejando salir una abeja, la que pronunció: «El baño ya está preparado». Fui hacia la bañera y encontré una camelia que había dejado su bella fragancia impregnada en la esponja, el agua la había mezclado con el mismo olor del jazmín que estaba al lado de mi cuarto de infancia y las toallas tenían el olor parecido a la rosa que estaba buscando. Me lavé mis rizos, con aroma a nardos y unas peinetas de puro cristal lo dejaron muy bien presentado y, cuando salí, un vestido blanco con mi delantal, con guardas de organza y mis zapatos lustrados, me esperaban para ser usados. Mientras lucía mi nuevo atuendo, fui abriendo una a una las cajitas puestas sobre cada repisa, las había de todos tamaños… en unas vi a niños cantores, en otras me encontré a títeres danzarines, y en aquella del fondo que parecía olvidada, una niña lloraba encerrada… Cuando de pronto escuché en mi puerta que una trompeta anunciaba que la mesa nos invitaba a una deliciosa merienda. Cuando salí, me encontré con mi amigo el oso polar, ahora, de pelo rizado. Vestía un atuendo gracioso rayado con franjas azules y verdes y su corbatín, tejido de puntos, hacía un contraste armonioso. Sonreí al ver sus rizos, y los dos elegantes nos dirigimos hacia aquel diván, mientras él me repetía: «Qué bonito dejaron tu delantal».

Llegamos a un escenario, donde un armario encantado nos fue abriendo más de cien gavetas repletas de las más finas galletas. Había algunas que eran de canela, de clavo, de especias y nueces salpicadas. Las otras mostraban su cara morena de café. Había de almendras, de un caramelo crocante, que llamó mi atención; mientras, mi amigo comió las de chocolate, que tenían turrón. Dijimos las gracias a todos los que nos sirvieron y con mi amigo de rizos nevados nos fuimos al cuarto a dormir. Inmediatamente volví, cerré aquella chapa de la puerta de mi alcoba y busqué aquella cajita refundida al fondo del mueble de fina madera de cedro. La abrí y, al hacerlo, la niña cesó de llorar. Me acerqué a su tez y, al tomarla por entre mis dedos con sumo cuidado, empezó a narrarme lo que le había tocado vivir…

En un mundo banal

Medía un dedo pulgar, sus ojos se habían secado de tanto llorar. Sus pequeñitas alas se habían atrofiado y, cuando intentó alzar el vuelo, cayó extenuada sobre la palma de mi mano. Le dije:

—Haz de ser paciente.

Y ella expresó:

—Lo he sido largos años. Solía jugar por entre las siembras extensas de flores, había conejos con quienes saltar… cantaba muy lindas canciones con una niña a quien le gustaba jugar de cachar y, en la fiesta que recibía a la primavera, veía a las flores danzar con sus largas faldas y a una pareja de rosa y clavel disfrutar de la serenata que la luna les solía tocar…; pero, de repente, todo eso acabó, mi amiga creció y un día me metió en esta caja de música, de la que me has librado hoy. Yo vivía en otro lugar, y reboté tantos años dentro de la caja, hasta que un día alguien me colocó en este dormitorio donde nadie me ha visto jamás.

«Dime niña, ¿cómo te llamas?»

—No me acuerdo, quizás con el tiempo lo vuelva a recordar.

—Es que yo tuve esa misma experiencia que tú y, cuando la contaba, nadie en mi casa me lo creía, todos pensaban que mentía, así que decidí callar… Tal vez si has vivido varios años en este lugar, me podrás decir dónde me encuentro y en qué recorrido es que estoy.

—Has llegado a un lugar donde lo que importa es que todo se haga perfecto. Nadie debe de cometer ningún error, porque si no es fuertemente castigado. Se le saca a la plaza y todo el que pasa se burla del error que cometió. Se reprende fuertemente si alguien en su atuendo tiene una pequeñita mancha, si su pelo no está perfectamente arreglado, si sus manos están levemente polvosas. Este es el mundo donde la etiqueta y el protocolo predominan y todo el que vive en este laberinto derrocha cantidades abismales de dinero para ser aceptado ante la sociedad. Aquí no importan los sentimientos, por eso es que cuando lloraba dentro de mi pequeña caja nadie me escuchó. A ningún ser le interesa lo que sientes, solamente se fijan en los errores que cometes, y nadie tiene derecho a la equivocación, por todo te juzgan tan mal.

—Ahora comprendo por qué todo es tan impecable. ¿Cómo se sale de este lugar?

—Bueno, lo que yo he escuchado es que cuando se libere al príncipe que ha congelado el monstruo de hielo, se volverá a vivir dándole prioridad al mundo de los sentimientos.

—¿Y cómo es él?

—¿Ves esa foto?, allí está.

—Mañana, antes de que amanezca, me voy de aquí. ¿Vienes con nosotros?

—No puedo.

—¿Por qué no?

—Porque para salir de este lugar hay que saber nadar y yo no sé, ni tan siquiera chapalear… Además de que si los encuentran fugándose de la isla, los juzgarán como traición y eso

es prisión perpetua, porque los errores en esta estancia no son perdonados, a menos que vayas a rescatar al príncipe, pero, en ese intento, varios cientos son los que han quedado como estatuas, dentro de los espejismos de hielo.

—Anímate y acompáñanos, mi amigo y yo le teníamos miedo al agua y logramos salvarnos pese a las gigantescas olas que el monstruo formó.

—No iré, ni que me lo ruegues un millón de veces, me desmayo de solo pensarlo.

—Bueno, yo me marcharé, pero te prometo que intentaré volver y que pensaré en la manera de liberar al príncipe para que puedas ser feliz.

—¿De verdad volverás?

—Así lo haré.

—Despierta, nos vamos —le susurré a mi amigo, el oso polar.

—¿Adónde?

—A buscar a tu madre.

—Pero antes déjame traer de las galletas con turrón.

—¡No!, nos pueden atrapar en el mundo de la perfección y de las apariencias y, si caemos en él, nos será difícil encontrar a tu mamá y a mis amigos.

—No hagas ruido, que se pueden despertar.

—A la 1, a las 2 y a las 3.

—¿Otra vez?

—Hazlo ya.

—Allí voy…

Después de cruzar en canales de agua cristalina una corriente nos condujo hacia una cueva lúgubre…

—¡Qué feo donde me has traído, Carmín!

—Shhh, cállate y quédate quieto…

Empezamos a escuchar aquel eco, era como si un gigante iba acercándose más y más, y así fue. Colocados detrás de un armario, logramos divisar a aquel de uñas muy bien afiladas, vestía las mismas botas de plata; pero me pareció extraño que los cofres no estaban. Mi amiguito polar, al ver al grotesco animal, se quedó perplejo y se portó muy bien, así que aquel ogrotopo, sin percatarse de nosotros, antes de apagar una vela al lado de su cama, murmuró en voz alta: «Mañana los quemo a todos, en cuenta al zompopo y a la madre de los topos» y, al decirlo, lanzó una grotesca carcajada y pronto se durmió.

—Haz lo que te digo y ten cuidado de no hacer el más mínimo ruido.

—Pero…

—Después te contaré todo, tenlo por seguro.

Esperamos un momento, para que el ogro estuviera profundamente dormido y sus fuertes ronquidos fueron un detonante para emprender. Debíamos buscar al zompopo y a los cientos de barriles que encerrados tenía en el lugar donde a tempranas horas los iba a quemar. Le pedí al oso que usara su olfato para detectar el miedo que posiblemente sentían y llegamos a un canal, donde una lancha vieja estaba anclada. Me dejé guiar por él. Pensé que su instinto nos llevaría donde mi amigo y donde aquel ladrón… Al imaginarme salvando al malvado, sentía que una voz me frenaba y me decía: «Salva a todos, y deja que el ogro cuelgue al emplumado al revés, como tú lo querías hacer…». Al cabo de unos minutos llegamos hacia un lugar donde encontramos varios barriles achicharrados; me entristecí, debo de confesarlo, pero el chiquitín polar me dijo:

—Dijiste que no había que creer en las apariencias y que había que explorar muy bien —y él me recordó:

—Tienes miedo y recuerda que dijimos que no había que tenerlo; si lo sientes, mi olfato puede no distinguir entre el miedo que ellos sienten y el tuyo.

Y así fue, nunca creí que aquel pequeñito me iba a guiar en este recorrido de mi copioso laberinto.

Llegamos a un lugar inhóspito, donde había grandes antorchas separadas por canales de agua; en algunas lanchas largas, guardaban barriles repletos de gas inflamable y, a distancia, mi amigo y yo escuchamos que alguien hablaba en el interior de una de las tantas barcas. Nos aproximamos más y más, hasta que aquella voz enmudeció, cuando expresé: «¡Hemos venido a salvarlos!». Y nadie contestó, así que, de barril en barril, tuvimos que ir viendo por los orificios de cada uno de tantos. El tiempo avanzaba veloz y, la noche parecía ausentarse más y más, hasta que al fin encontré al topo a quien le había lanzado mi lazo mágico.

—He venido a salvarte.

—¿Tú?

—Sí.

—¿Cómo puedo confiar en ti, si me dijiste la peor mentira de la vida?

Fue cuando entonces subió la voz y gritó para que quienes se encontraban escondidos lo oyeran:

—No hablen, amigos, que ella ha venido a indagar a dónde nos encontramos, para lanzarnos de uno en uno hacia el fuego, donde el ogro nos quiere calcinar —atemorizado expresó aquel valiente topo.

—¿Qué dice él, Carmín?

—Es que él cree que su hermano emplumado no puede haberme robado algo que me pertenece solo a mí.

—Deja que vea por medio de la ranura del barril, y que hable con él. Pero si es un topo, no veo que tenga plumas, Carmín...; señor topo, créale, ella y yo lo que deseamos es salvarlos.

—Ustedes han venido a vengarse de mi hermano que, según ella, es un ladrón, prefiero morir con dignidad.

El día empezaba a nacer y había una leve oscuridad, la que anunciaba la antesala de la peor ingratitud.

—Carmín, ¿es cierto lo que dijo el topo?

—Claro que sí, él no cree que aquel desgraciado con pico es un ladrón y, cuando lo vea, lo colgaré...

—Detente, por favor. ¿Cómo es el que te robó no sé qué?

—¿Que cómo es?, eso está de más.

—Te pido que me lo describas, por favor.

—¿Para qué? Lo único que me interesa es encontrar a mi amigo el zompopo. La verdad es que con topos como él, mejor ni me meto.

—Carmín, solo dame una breve descripción, con eso me basta.

—Bueno, es un monstruo horroroso... —y al escuchar eso, el topo del barril con fuerza desde dentro dijo:

—Mentira. Ni es monstruo ni es horroroso, la horrenda es ella.

—Escuchen —dijo el oso—. Olfateo que la maldad se acerca más y, si vibran con la fuerza del odio, mi olfato no podrá discernir entre ustedes y el ogro. Señor topo, por favor, solo deme medio minuto, quédese callado sin decir ninguna palabra.

—Carmín, dos descripciones más, por favor.

—Es pequeño, tiene pico, vuela alto y se burla de mí.

—¿Qué es ese invento? —inmediatamente dijo el topo dentro de un barril—. Mire bien, aquí está mi hermano menor y él es un topo, como yo.

—Carmín, ven rápido, constata a través de la ranura que así es, porque escucho que un motor se empieza a aproximar…

—No es él, es el otro, el desgraciado colibrí.

—¿Cuál otro?

—El otro hijo de la señora bordadora.

Entonces la señora topo, desde otro barril, agregó muy molesta:

—Los topos nunca tenemos hijos ni con pico ni que vuelan.

—Perdone usted, señora topo, ha sido una equivocación —dijo el oso y me llamó—: Ven, Carmín, ayúdame a sacarlos de aquí.

—Yo con ella no me voy —expresó el topo, y ella cuando se dio cuenta de que el hermano del topo era idéntico a él, le dijo:

—Perdón, me equivoqué al juzgarlo.

Entonces, en segundos, como por arte de magia, entre todos ayudaron a sacar a los otros seres; sin embargo, el zompopo volador no aparecía y, mientras Carmín lo buscaba, con la fuerza del amor por su amigo, hizo que saliera su lazo mágico, el que detuvo la lancha del malvado, a escasos metros de distancia… Luego, el oso olfateó a un ser con alas que estaba plácidamente dormido, lo tomó entre su pata y, con mucho cuidado, puso al zompopo en la palma de la mano de Carmín, y mientras el malvado había quedado entre aquel lazo atrapado, todos juntos lograron salvarse de las garras del ingrato ogro. Mientras iban todos unidos en aquella lancha larga, el viento trajo hacia Carmín otro pétalo idéntico a los tres que ella portaba en su bolsa.

«Querido diario:

He dormido largas horas en la cueva de la señora topo, el zompopo está conmigo, y aquí mismo el oso pequeñito y tan sabio inverna unos días; mientras acabo de despertar, saco mi diario y escribo. Otro pétalo de aquella rosa hermosa cayó sobre mi blanco y elegante delantal, mágicamente se adentró en mi bolsa, al lado de los otros tres.

No sé cómo pude concebir que un topo pudiera tener como hermano a un colibrí... no entiendo cómo no supe poner atención a tantos recovecos, si lo hubiera hecho, quizás, ya estaría en la granja de mi infancia, o tan solo ya hubiese encontrado al ladrón que me robó mi felicidad. Desde ahora procuraré escuchar cada señal y tendré muy presente que una hormiga puede aconsejarme muy bien... Intentaré no dejarme llevar por la cólera que se apodera de mis sentidos, pues con ella traslapo mis ideas y pierdo la óptica fundamental de mi vida, dejando de ver esa totalidad que me conduce a una visión más justa e integral.

Amigo mío, lo que más deseo es ayudarle al zompopo a recuperar su ala y ahora mismo he decidido que lo mío puede esperar algunos días... Intentaré trepar a la montaña a buscar la leche que segrega aquella flor que, según dice el búho, le ha de sanar, y haber encontrado al zompopo, sosteniendo su ala rota, nos da la posibilidad de poderla pegar».

Mientras terminaba estas líneas, ocurrió que alguien me lanzó el quinto pétalo de aquella rosa que encierra mi felicidad, el que agregué a los cuatro que guardo muy bien en la bolsa de mi delantal.

En busca de la esencia sanadora

Ha amanecido y llevo conmigo CINCO pétalos de mi felicidad, y también va a mi lado el oso polar, quien me estaba esperando para acompañarme en esta nueva aventura de mi vida. Su intuición cada vez es mayor y su valentía, de oso joven, lo hace un ser cada vez más especial. Felices salimos los dos, hacia una larga expedición, pero antes meditamos, tuvimos en la quietud unos instantes de reflexión, los que aumentarían la intuición para encontrar la flor. A mi amigo el oso se le ocurrió hacer un cartel, en el que escribió: *«Buscamos la flor que segrega una sustancia que sanará mi ala»*. Entonces me dijo:

—Si alguien lo lee y sabe dónde la podremos encontrar, nos sabrá decir dónde debemos de ir.

—Está bien —respondí.

Blanca como la nieve de los Andes, es la flor que buscamos…

—¿Cómo estará Miel? —me pregunté en voz alta—. Ya me queda poco tiempo para abrazarla y decirle que me ha hecho tanta falta.

—¿Y quién es Miel?

—Mi amiga del alma… —y cuando iba a continuar narrándole sobre ella, de pronto pasó volando aquel desgraciado;

se posó sobre un árbol enorme de fuego y se quedó un rato como burlándose de mí y, por más que intenté atraparlo con mi lazo mágico, no me funcionó…

Entonces se fue y, dentro de mí, prometí tenerlo en mis manos muy pronto. Al cabo de unos segundos, mi amigo me dijo:

—Carmín, ¿por qué lo quisiste atrapar?

—Porque me ha robado mi felicidad.

—Pero yo veo que vas muy feliz a buscar la flor con la que vamos a sanar al zompopo…

Y mientras, aquel pequeñito decía: «Ya vamos a llegar y vamos a encontrar la flor que lo sanará», vimos tiradas unas estacas de madera, las que tomé entre mis manos con una intención… Anduvimos en una selva ancestral, la que tiene árboles que hay que cuidar, cuando más adelante divisé un inmenso árbol de hule… Saqué con cuidado una hebra de su hoja y de inmediato elaboré una hondilla, la que de niña aprendí a hacer con mis dos hermanos, quienes les ponían borlas de papel, las que nos hacían gozar largas guerras, hasta que declarábamos un ALTO… y había paz plena.

—¿Para qué la quieres? —mi amiguito interrogó y le dije:

—Hoy sí, me vengaré.

—Mejor piensa en encontrar la flor —me dijo él.

Llegamos, luego de andar caminando largo rato, a un lugar donde los bosques de eucaliptos sostienen a unos osos que a mi amiguito lo impresionaron tanto.

—Mira, Carmín, ni siquiera se mueven.

—Son tan pequeñitos… —cuando apareció aquel malévolo colibrí, quien dejó caer sobre el osito una flor blanca que segregaba unas gotas de igual color.

—¡Es esta la flor que buscamos! —el polar pronunció con felicidad. Entonces le dije enojada:

—No lo es —y me fui tras el malvado emplumado… corrí sobre bellas praderas, a la orilla de copiosos ríos; se hizo de tarde cuando le dije estando muy cerca de él—: Ahora no te salvas, monstruo de plumas —y lo vi temblar, mientras las piedras que le lanzaba cada vez hacían que volara más veloz para poder escapar; cuando llegué al filo de un abismo, donde ya no pude correr más, y otra vez, volando se fue… Y cuando busqué a mi amigo, el oso polar, no lo encontré, también él desapareció de mi vista y me quedé completamente sola.

Lloré y lloré otra vez, cuando en la penumbra total de aquel bosque noté que unos ojos me miraban fijamente, fue cuando entonces recurrí a mi amiga la luciérnaga y, al hacerlo, pronuncié con voz muy fuerte y temblorosa ABRACADABRA; sin embargo, era la primera vez que, cuando la llamé, no llegó… Me morí de miedo toda la noche, sentí los pasos de los canguros que llegaban a aquel armario de mi hogar, los oí saltar tan cerca de mí, que creí que me iban a aplastar. Imaginé que la boa ingeniosa cada vez sin ruido alguno se aproximaba más y más hacia a mí, y que muy pronto me iba a tragar, sentía muy de cerca que gradualmente abría su boca con sus afilados y venenosos dientes, cuando, al fin, la noche más amarga de mi vida transcurrió y apareció la claridad… Lloré por no saber qué hacer, cuando me di cuenta de que fui presa de la ira otra vez y me prometí no volver a caer en su dura prisión. Comprendí que, con ella, todo el mundo se iba de mí y lo peor era que con ella a mi lado, nunca encontraría mi felicidad, cuando de pronto cayó otro pétalo sobre mis zapatillas de cristal.

Como ella no llegó, salí en su búsqueda

Mientras caminaba y disfrutaba el sabor de aquellos deliciosos trozos del buen queso que todavía llevaba, pensé que si mi amiga la luciérnaga no había aparecido, podría ser que estuviera en peligro y, aunque sabía que el zompopo volador necesitaba que le llevara la esencia sanadora, pensé aquello que un día escuché de aquel sabio, quien nunca llevó la cuenta de sus años: «A veces es necesario priorizar». Y esta vez, así lo hice. Con mi más profundo amor, quise estar a su lado y como por arte de magia de mi bolsa salió mi lazo mágico… pronuncié aquel vocablo y, casi de inmediato, me encontré al lado de mi pequeñita y maravillosa amiga, la luciérnaga. Estaban en el quinto campamento que los ubicaba cada vez más cerca de la cima del grandioso Everest, cuando escuché que Dorjee decía: «Solo una inmensa alegría la puede revivir, su corazón está dejando de latir…». Cuando levanté de sus heladas orejitas su gorrito de lana de yac y exclamé:

—Amiga mía, revive por favor —la besé, la sobé y, al cabo de unos segundos, su lucecita empezó a brillar y saltamos todos de felicidad—. Has vuelto…

—Sí, aquí estoy…

Entonces noté que cayó el pétalo número siete.

Penetramos en la tienda y les narré una pequeña parte de mis experiencias:

—Tuve momentos donde la duda me acercó a la tentación de abrir la aldaba y de adentrarme al espejo para abrazar a mamá, a papá, a mis hermanos y a Capitán.

—¿De qué hablas?

—La historia es larga… cuando caí en la trampa de aquella voz que me llamaba y del espejismo de la flor que buscaba, me encontré con un lugar repleto de espejos, donde las apariencias engañan y congelan a todo aquel que cae en ellas y lo peor es que se disfrazan de cosas tan buenas, que es fácil caer entre sus garras congeladas. Allí me encontré con su cachorro, señora Osa.

—Cuénteme de él, por favor.

—Cuando se deslizó, casi entra a una vida que la mostraba a usted… luego lo salvó el hambre y, cuando se estaba comiendo un pedazo de buen pan, nos dimos cuenta del malvado que reina en ese recorrido del mundo congelado; así emprendimos una huída, en la que tuvimos que nadar en medio de tremendos remolinos que el ogro formó para ahogarnos a los dos.

—¿Dijo usted que nadaron los dos?

—Así es.

—Pero si él no quería aprender…

—Pues ahora es un gran nadador y no solo eso, poco a poco ha ido desarrollando una intuición extraordinaria… es valiente y un compañero excepcional.

—Qué feliz me hace saber que es todo lo que dice y, a propósito, ¿dónde está?

—Es que lo perdí, cuando buscábamos a la flor que destila una esencia sanadora… y ahora que lo recuerdo, él me decía

durante ese largo recorrido que me concentrara en la flor y por andar siguiendo al malhechor, me extravié en un bosque, donde sufrí de grandes pesadillas.

—Ay, Carmín, no me digas que llegó el marsupial y la boa a quererte almorzar.

—Así fue, luciérnaga, te llamé, dije el vocablo mágico más de una vez.

—No te escuché…

—Ya lo sé, y por eso me decidí a venirte a buscar y te encontré.

—Pero, señora osa, no se preocupe por su cachorro polar, es un joven muy tenaz, ya verá que muy pronto lo vamos a abrazar.

Y entonces la luciérnaga exclamó:

—Ay, Carmín, si me hubiera dado cuenta… has pasado no muy gratas experiencias, pero al menos aprendiste a nadar.

—Eso es cierto, cuánto luchó papá por enseñarme y nunca quise lanzarme del famoso trampolín; bueno, amiga, NUNCA ES TARDE. Además, tengo tanto que contarte… Llegamos a un palacio silente y en ese lugar desde hace muchos años se ha perdido la espontaneidad, y esto se debe a que el monstruo de hielo ha congelado al príncipe y, sin él, no hay sensibilidad, y lo peor, es que esto afectará al mundo entero.

—¿Cómo sabes todo eso?

—Una niña sollozaba en una fina caja de madera un tanto maltratada y, al acercarme a ella, sacudió sus dos alitas y, cuando quiso volar, vino a parar a la palma de mi mano. Me contó que, hace muchos años, vivía al lado de una niña a quien le gustaba jugar de cachar; además, me dijo que solían disfrutar del baile de la rosa y del clavel, pero que como la niña dejó de jugar a su lado y la olvidó, alguien le dio un puntapié y que rebotando por todos lados llegó a ese lugar, donde antes había alegría y sensibilidad; sin embargo, cuando el príncipe se decidió a ir a rescatar a sus amigos congelados, el monstruo le mostró un espejo con ellos atrapados y, al entrar, lo congeló a él también.

—¡Cuántas historias y vidas que han sido congeladas cuando tenían mucho por hacer!

—Así es…

—Carmín, ¿te has dado cuenta?

—¿De qué, luciérnaga?

—De tu similitud con ella.

—¿De quién hablas?

—De la niña de la caja. Y, por cierto, ¿cómo te dijo que se llama?

—Mencionó que quizás más adelante se pueda acordar, porque a ella sí le pregunté su nombre.

—Es que, por si no lo recuerdas, de pequeña tú tenías una amiguita con alas, con la que hablabas y jugabas… creo que en uno de tus aprietos, cuando por cierto llegó a tu dormitorio el libro invisible a los demás, ella se encariñó tanto contigo, que se quedó a tu lado y no quiso regresar a aquellas maravillosas páginas. Fue cuando se escondió en una cajita fina verde menta, a la que volvía cada vez que alguien tocaba a tu puerta.

—Y ahora que lo dices, creo que su cajita es tintada de un verde parecido al del que hablas; pero, aunque tú me lo cuentes, no entiendo nada de lo que narras, porque no la recuerdo…

Y mientras les narraba los episodios que vivimos comiendo las mil y una variedades de galletas, recordé que todavía tenía guardados en mis bolsas aquellos trozos de queso, los que me dio gusto ofrecer y ver cómo los disfrutaban y, al buscar más, me encontré con los pétalos de mi felicidad, lo que me recordó que muy pronto iría a recuperarla completa. Aunque pensé que seguir el consejo de aquel sabio me iba a funcionar, de nuevo, decidí priorizar y tomé la decisión de no subir hasta la cima, les dije que eso lo podíamos dejar para otra ocasión, que había comprendido que, en primer lugar, debía de bajar por aquel túnel, donde tantas intenciones nobles habían quedado atrapadas. Que había varios seres, a quienes debíamos de ir a rescatar.

Para bajar allí y deshacer el mundo frío que subyace y que poco a poco contamina el nuestro, hay que vibrar con la fuerza del amor, mencionó nuestro guía, el sherpas; esa es la única arma que podría derretir ese hielo que cada vez va creciendo más y más, el que, si no detenemos, se apoderará del mundo entero. Recuerdo haber escuchado de la boca de mi abuelo, dijo él, que para lograrlo debían de ir en grupo siete valientes, quienes reunieran las virtudes que derretirían al monstruo de hielo.

—Aquí estoy —dijo la primera, mi amiga con su fina lamparita.

Dorjee pronunció:

—Yo soy el número dos.

Fue cuando la madre de mi amiguito polar mencionó:

—Seré la tres —cuando luego de estar en silencio nuestro amigo, que prepara muy buen té, dijo—: Yo subiré hacia la cima y no podré acompañarlos esta vez; sin embargo, les enviaré lo mejor de mí.

Y yo dije:

—Tendré que ausentarme unos días e intentaré visitar a algunos amigos, quienes nos ayudarán a cumplir con esa misión.

Todos unidos, dormimos en el campamento para calentarnos del frío que azotaba nuestros huesos y tuvimos un sueño muy reparador. Esta vez, fui la primera en abrir los ojos, lo que aproveché para escribir unos cuantos minutos, mientras mis amigos soñaban que la vida es un sueño… y como alguien dijo una vez: «Y los sueños, sueños son…».

«S. F. En el Everest

Querido diario:

Me ha tomado largos años comprender que a veces es necesario deponer el Yo y anteponer las necesidades de los otros, aunque luego retomes tus sueños. Que hay que dejar a un lado algunas ideas que continuamente nos visitan y emprender un camino un tanto diferente al que se haya recorrido; pues por estar aferrada a una emoción, pasé por alto las señales que me conducían más cerca de mi rosa. Que no importa el camino que se haya andado, que a unos cuantos pasos de llegar hacia la cima, te puedes retractar y darte cuenta de que hay que cambiar de dirección y, si esto nos sucede, no debemos de caer en ninguna frustración, sino que únicamente emprender con alegría ese nuevo recorrido de la vida.

Debo de confesarte, amigo mío, que todavía guardo un sentimiento nada grato hacia ese ser emplumado y que tendré presente que debo de perdonarlo por completo, antes de bajar por ese túnel, donde debemos de liberarnos de los lazos que nos atan a una baja vibración, de lo contrario,

comprendo que el monstruo se podría adueñar de mi debilidad y que me podría congelar.

He pensado que Miel sería de gran ayuda para los propósitos que nos hemos trazado, ella es tan sabia y parece que este es un buen momento para visitarla. Ah... y algo más que olvidaba comentarte, que a la niña de aquella cajita verde menta iré a traerla y la salvaré de ese encierro y de la tristeza que la embarga.

Disculpa que te arranque una página, querido amigo, pero les dejaré a mis buenos compañeros una nota para que sepan hacia dónde me dirijo».

Monte Everest, en ruta hacia Los Andes.

«Voy a buscar a Miel, para luego regresar por el osito polar y por el zompopo volador. Nos veremos muy pronto».

Abrazos,
Carmín

El barco encantado decidió adónde ir

Zarpó el vapor y le pedí que me llevara hacia un lugar donde pudiera tomar una pequeña vacación, donde viviría experiencias que me llenaran verdaderamente, para luego emprender hacia el hogar de Miel, donde la ausencia de la nieve se imponía conforme los días soleados aparecían con todo su esplendor. «¿Adónde me llevas?», y el vapor me respondió: «Confía en mí», fue cuando entonces me dormí y me trajo hasta aquí.

Caminé alrededor de la fuente que todavía está al centro del patio, me subí al limonero, quise cortar un limón y me extrañó que no tuviera frutos, fui a la alacena y, aunque no había galletas, encontré una bolsa de la harina que mamá solía usar para elaborar aquel delicioso pan, la tomé entre mis manos y, sin soltarla, me dirigí hacia el techo, donde llamé a Bují y, aunque pasé largo rato llamándolo, tampoco apareció, entonces me entristecí y después de un rato… bajé de esa estancia con mi bolsa de harina entre las manos, cuando de pronto escuché una vocecita débil, aunque alegre, la que emanaba del fondo de aquel amplio corredor. Caminé y oí que alguien dijo:

—¿Adónde has andado, Carmín?

—¿Quién habla? —esta vez interrogué.

—Soy yo, tu amigo el duende.

Y entonces noté que su pequeña barba había encanecido, que su piel brillante tenía algunas arrugas; su cuerpecito estaba entumecido y, al verme, se alegró inmensamente, tanto que corrió a mi lado y me dijo con voz dulce al oído:

—Te hemos extrañado... tanto —y los dos nos abrazamos.

—Amigo del alma, he andado buscando mi pelota, la que extravié en este gran laberinto de mi vida. Fue cuando entonces una niña me envió una rosa mágica, la que desde hace tantos años me ha robado el desgraciado colibrí... ¿Adónde están papá, mamá, mis hermanos y Capitán?

—Bueno, Carmín, ha pasado tanto tiempo, que quizás no lo recuerdas bien...

—¿Qué?

—Fue aquel día, en que casi cumplías dieciséis años, cuando tu madre decidió zarpar; recuerdo que a diario solíamos llevarle flores recién cortadas del patio de girasoles; cuando más tarde y, al cabo de dos años, emprendió su vuelo tu papá.

—¡Qué horrible me resulta acordarme de todo eso!, lo había borrado de mi vida... más bien, quise creer que todo fue la más ingrata de las pesadillas. Y mis hermanos, ¿dónde están?

—Al igual que tú, se fueron; uno en un globo salió a recorrer el mundo y el otro escribe historias de ficción y en algunos pasajes de sus fantásticos vuelos, a veces viene y nos visita y, cuando lo hace, nos dice: Dile a Carmín que pronto vendré para ver si ya llegó.

—¿Y Capitán?

—En algún momento lo verás.

—Has envejecido, Dan.

—Sí.

—Entonces, no es cierto que los duendes no envejecen nunca.

—Lo es.

—¿Qué es lo que te pasó?

—Que esta soledad me entristeció.

—Lo siento, amigo, nunca te hubiera querido dejar; sin embargo, aquella pelota me la querían robar y la fui a buscar muy lejos de aquí, porque ahora que papá ya no está, tenía que encontrar a alguien con quien jugar y sabes que no la he podido volver a tener entre mis manos, ni mucho menos la he podido lanzar al espacio, para que papá la cache y me la lance de nuevo, y es que, verdaderamente, extraño los amorosos brazos de mi padre.

—La casa ha cambiado, Carmín, ya nadie se sienta a tocar el piano, ni hay quien juegue a su alrededor, ni quien le hable a la fuente encantada, quien desde hace algunos años ya no canta; del limonero nadie se ocupa, ni mucho menos le dicen aquella frase que tú le solías repetir.

—¿Cuál?

—Nadie en el mundo elabora tan jugosos limones como lo haces tú.

—Sí, es muy cierto, ya lo recuerdo… nada más y nada menos cuando entraba, lo noté, quise tomar un limón y ninguno colgaba de sus gigantes brazos, los que me subían sin dejarme caer, a la espesa copa del limonero desde donde nadie me podía encontrar.

—¿Y Alejandro?

—Casualmente he escuchado que muy pronto volverá.

—¡Qué alegre que lo veré!

—¿Y mi baúl?

—Te llevaré con él, aunque quizás te resulte un tanto extraño, nadie se lleva bien con él.

—¿Por qué?

—Bueno, porque se ha vuelto prisionero de muchos.

—¿De quiénes?

—No lo sé.

—Y entonces, ¿cómo lo sabes?

—Bueno, porque a veces los gritos que se oyen en tu cuarto lo delatan. La llave de la puerta de aquel dormitorio de tu infancia dicen que nadie la encuentra en la casa y, aunque venga el cerrajero a abrirla, no lo ha podido lograr. Parece que es el baúl, quien dentro de su boca la metió. Según dicen, en tu cuarto hay un encanto y, únicamente si tú vienes, he escuchado que tus juguetes dicen que esa chapa volvería a funcionar.

—Vamos deprisa, que los quiero ir a abrazar…

Mientras mi amigo de toda la infancia caminaba tomándome de la mano, me detuve en el salón principal.

—Mira, Dan, la foto de los cinco, al lado de Capitán. No puedo ir tan rápido, como desearía hacerlo; es que, al ver la chimenea… recuerdo que, a su lado, papá solía narrar sus historias; fue el lugar favorito de él, donde me contaba cuentos y, ahora que los recuerdo, nunca olvidaré el del vapor, el que, de puerto en puerto, conquistaba una nueva ilusión. En esta misma chimenea, calentábamos deliciosos malvaviscos, los que, ahumados y llenos de ceniza, tenían un sabor casi mágico. Esta estancia era una de las preferidas de mi hogar; en esa esquina,

el olor a pino ha quedado impregnado, rememorando cada Navidad y a las botas de fieltro que mamá elaboraba con linda pedrería, con las que dibujaba pascuas, estrellas, bastones de dulce; las mismas en las que Papá Noel nos dejaba los más sabrosos chocolates que traía con sabor a Polo Norte. En esta sala reímos mucho hace varios años y también lloramos los tres, cuando ellos se fueron… Esta estancia encierra un pasado que se enlaza con cada momento de un ahora, en el que, unidos con sus almas, escribiremos nuevas experiencias. Y en el salón de la par, lo que ha sido eternamente nuestro antiguo comedor, allí papá repetía el embrujo de ABRACADABRA —y, al recordarlo en voz alta, se escuchó allá arriba en mi aposento un estruendo… tan tremendo.

—Carmín, quizás ya se enteraron de que has regresado a tu hogar.

—¿Será eso?

—Creo que sí.

—¡Al fin llegamos! Detente, Dan, déjame unos instantes sola, completamente sola, que debo de prepararme para entrar al recorrido donde fui una niña inmensamente feliz.

—Entonces yo iré a traer a Capitán, mientras te decides a entrar.

—Pero antes no sé si lo has notado, Dan, tu barba ya no está tan blanca como hace algunas horas, y aquellas arrugas han desaparecido de tu cara…

—Es que has traído la ilusión y con ella de la mano la vida renace, como si fuese ayer.

«S. F. En mi casa

Querido diario.

Este es uno de los momentos más importantes de mi existencia, han pasado largos años desde que ellos partieron y, aunque he tenido momentos de felicidad, te aseguro que nunca me he sentido tan feliz, como lo empiezo a ser ahora. No sé lo que voy a encontrar allí dentro en mi dormitorio, pero la verdad es que no importa, de todos modos, ese lugar está tan lleno de mí, tanto, que me sentiré como si nunca me fui... Antes que nada, yo sé que debo dejar aquí afuera todos los pensamientos intrusivos que en la vida de los adultos se arraigan tanto y nos alejan de la alegría verdadera y que la clave para poder entrar es fluir con el corazón, como solemos hacer en nuestra infancia.

Pero antes, me arreglaré en el espejo del dormitorio de mamá. "Tienen que haber transcurrido muchos años, para que mis facciones de niña hayan entrado a la adultez temprana y, aunque soy joven aún, a mi delantal le faltan varias cuartas por bajar, pero es que mi abuelita lo tejió y, si me lo quito, no seré la misma Carmín". Creo que si me recojo mis rizos, me pareceré más a aquella niña que trepaba a los tejados y subía a los árboles más altos... y aunque mis zapatillas de amarrar, como

bien dijo Buji, crecerían a mi lado, están un poquito gastadas por andar siguiendo al colibrí entre los charcos. "¡Qué rico aroma conserva la crema de almendra de mamá!". "Ponérmela me hace sentir más cerca de ella...". Antes de tocar a mi puerta, colocaré los últimos trozos de queso que he guardado adentro de mis bolsas y un poco del buen pan que aún conservo, los pondré en este azafatito de porcelana para brindarles a mis amigos».

Ton, ton…

—¿Quién eres?

—Soy yo.

—¿Quién es yo?

—Carmín.

—Ella se ha ido y ni siquiera se despidió de nosotros —dijeron al unísono.

—Pero ya regresó y quiere abrazarlos —les contesté. Inmediatamente respondieron:

—Lo someteremos a votación…

Entonces les dije:

—Esperaré su decisión…

Pasaron algunos minutos, cuando escuché:

—Lo sentimos mucho, pero no te abriremos.

—¿Se puede saber por qué? —pregunté.

—Porque ganamos los que no deseamos verte nunca más, los que te consideramos una traidora.

—¿Y puedo saber los resultados que obtuvieron?

—No vemos por qué no; la votación quedó 5 a tu favor y 9 en tu contra…

—¿Y qué debo hacer para lograr obtener más puntos?

—Adivínalo tú.

—Bueno, mientras lo adivino, les dejaré unos trocitos de queso y vendré más tarde, para ver si han cambiado de opinión.

Cuando iba bajando las escaleras de madera, alcancé a ver a mi ratón de cuerda, quien no pudo resistir la tentación del sabroso olor… me senté en la grada para observarlo desde lejos y pude ver cómo se las ingeniaba para tomar en sus patitas el plato que les había preparado y, mientras lo hacía, recordé que a veces jugaba de correr tras él, haciéndole creer que yo me convertía en Carbón, quien de un bocado se lo deseaba tragar… Y el pobre, creyendo que yo era un gato, corría asustado a la cueva y, al cabo de un rato, de su madriguera salía la bandera ondulante de la paz, la que hábilmente había hecho con uno de mis pañuelos almidonados. Verlo con su sombrero sobrepuesto, me generó un revoloteo interno y me sentí feliz, aunque debía de ganarme la confianza de todos ellos de nuevo.

—Carmín… no te has ido, Carmín —decía Dan, quien venía al lado de Capitán.

Al vernos, saltamos de inmensa alegría y, mientras una lágrima de felicidad rodaba en mi mejilla y él la lamía, cayó del techo un pétalo rojo y muy fresco…

—¡Qué feliz estoy, mi encuentro con ellos es maravilloso y ya cuento con OCHO PÉTALOS!

—Te he extrañado tanto, Carmín —decía mi fiel amigo Capitán—. Pero sabía que vendrías y por eso nunca me fui de

aquí —y cuál fue mi sorpresa que, atrás de él, tres pequeñines lo seguían.

Jugué con ellos y retocé con él, como ayer, y recuerdo que me fui quedando dormida en medio de una linda conversación en el sofá de papá, frente a la chimenea, cuidada por Dan y por él. Mientras soñaba que papá me lanzaba la pelota, como en los días de ayer, y que yo abría mis brazos y me alistaba para recibirla en mis manos, un agradable aroma me despertó y me condujo hacia aquel lugar donde mamá solía hornear. «¡Qué sorpresa!». Era Alejandro, quien de noche había llegado y, al verme dormida al lado de la chimenea, había aprovechado la quietud de ese lugar para elaborar unas galletas de miel, que él me solía hacer…

—¡Cuánto tiempo!

—Son muchos años, Carmín.

Y mientras nos abrazábamos, nos preguntamos tantas cosas, entre las que recuerdo:

—¿Qué has hecho todo este tiempo?

—Ir en busca de mi felicidad. ¿Y tú? —quise saber.

—Ser feliz —me respondió y agregó—: Pero… si aquí está la felicidad —y se tocó su corazón. Fue cuando le respondí:

—Es que la quiero entera y aquí hay fragmentos de ella.

—¿Qué te ha traído de regreso, Carmín?

—Bueno, creo que el barco en el que navego sabe lo que los extraño.

—¿Que eres marinera?

—¡No!

—¿Cuánto tiempo te quedarás con nosotros?

—Una semana.

—¿Y ya no te veré más?

—Al terminar lo que debo de hacer, vendré y me quedaré.

—¿Cuánto tiempo es?

—No sé.

—¿Y qué es?

—Antes de zarpar, te lo contaré. Alejandro…

—¿Sí, Carmín?

—Me preocupa que los juguetes de mi cuarto, en su mayoría, hayan votado por no abrirme la puerta y no dejarme entrar.

—Ya se les pasará…

—Es que deseo tanto abrazarlos, caer sobre el colchón en el que tantas veces retozamos y envolverme largo rato, hasta que…

—¿Qué ibas a decir?

—Hasta que mamá me llegara… a besar, pero ella ya no está.

Fue cuando Alejandro expresó:

—Claro que está muy cerca de ti y estará feliz de saber que has vuelto a tu hogar.

—Pero, Alejandro, si ni a mi cuarto puedo entrar… mis juguetes no me dejan jugar como lo solíamos hacer; quiero peinar las lindas trenzas de mis muñecas, las que enrollaba con listones de colores, los que a veces le hacían falta al costurero de mamá. Deseo tomar mis libros de cuento y narrarles las historias de un buque cargado de esperanzas… el del Soldadito de Plomo, que tantas veces me lo hacían repetir. También sentarlos en la mesa del comedor y comer al lado de ellos el pan de mamá… Bueno, ahora que lo recuerdo, nunca lo podría elaborar, solo encontré una bolsa de su harina, pero no sé dónde estará su receta, ni cómo hacer con los demás ingredientes.

—No te preocupes, Carmín, que te ayudaré a encontrarla.

—Pero… ¿y si mamá se enoja porque se la copio?

—¿Qué dices, Carmín?

—Que quizás no le agrade que yo sea ella.

—Pero por hacer su delicioso pan nunca dejarás de ser Carmín…

—¿Estás seguro, Alejandro?

—Completamente.

Buscar su receta completa significaba para mí un gran reto a lograr, y hacerla aún más. Siempre había pensado que con ello le robaría su genial creatividad y, que si ella lo sabía, se podría resentir y, al hacerlo, me mandaría a mi cuarto unas cuantas horas. Pero… pensándolo bien, bajo estas circunstancias, la verdad que ese castigo me resultaría fenomenal. Y si ella estuviera en casa y se enojara, pronto me perdonaría, como siempre lo hacía, pese a todo.

—Aquí está la harina, Alejandro.

—¿Es esta la receta que buscas, Carmín?

—Déjame ver…

«Pan de alegría

Una taza bien colmada de la harina.
Tres yemas bien batidas.
Un trastecito de mantequilla de maní.
Una medida de la leche de Mariposa.
Dos cucharadas colmadas del suave queso.
Miel de las abejas del naranjal.
Rayo de algunas naranjas.
Unas gotitas de los limones con los que Carmín habla.
Tres claras, batidas a manera de turrón.
Un canto que salga del corazón.

Y luego de colocar la mezcla en una cajuela de madera, hornear durante el tiempo que ocupo para regar mis siembras.

Al estar, dejar enfriar otro momento, mientras los llamo a disfrutar de este sabroso pan, que he inventado especialmente para ellos».

—Esa es la receta, Alejandro, pero, después de leerla, me da más pena con mamá. ¿Qué pensará si se entera de que lo he hecho y, lo peor, si lo disfruto sin ella?

—A ver, Carmín, ¿tienes todos los ingredientes?

—Unos sí, otros no, y algunos serán difícil de encontrar.

—Veamos uno por uno.

—Las yemas y las claras de los huevos las obtendremos de la granja. La mantequilla de maní la podremos hacer al moler esos cacahuates. No sé si a Mariposa le gustará regalarnos una botella de su leche para hacer un plagio del pan dorado de mamá y si de ella elaboramos el queso fresco. La miel aquí está. El rayo de naranja lo obtendremos del naranjal, que está en plena temporada de cosecha. Pero el siguiente ingrediente no nos será posible…

—¿Por qué no?

—Porque el limonero no tiene ni un limón, ni tan siquiera una flor.

—Bueno, podremos cortar el limón de mi patio.

—Absolutamente no.

—Explícame, Carmín, ¿por qué no?

—Mi limonero es mágico, el tuyo no y, sin su sabor, sabrían horrorosas; si te fijas, ven aquí y lee bien, mamá dice:

'*Unas gotitas de los limones con los que Carmín habla*', y si vas al limonero, verás que no tiene ninguna posibilidad de regalarnos al menos uno. Además, desde que papá y mamá se fueron… yo no he querido cantar, ni lo voy a hacer ahora, ni nunca jamás me escucharás entonar ninguna melodía, y este es el ingrediente final.

—Eso te pido que no lo dejes de hacer nunca, Carmín, si es lo que más te gustaba… la casa entera disfrutaba de tu linda voz y de verte danzar.

Salimos los dos a caminar con Dan, con Capitán y con su linda prole. Llegamos al naranjal, el que nos ofrecía una amplia gama de bolas verdes, amarillas y anaranjadas; tener su sabor en mis labios fue algo que disfruté tanto, cuando de repente lo vi a él.

—¡Es él! —grité.

—¿Quién? —dijo Alejandro.

—El monstruo emplumado quien, cuando empiezo a ser feliz, con su presencia me recuerda que no puedo serlo.

—¿Por qué?

—Ni yo misma lo sé… Me voy —les dije.

—¿Adónde?

—A agarrarlo, a exigirle que me entregue lo que me robó —y mientras corría, iban tras de mí Alejandro y Capitán, quienes afanadamente me seguían, mientras Dan y los cachorros se habían quedado atrás hace un buen rato. Llegamos al borde de unos acantilados, los que con mi lazo mágico ascendí y ellos ya no pudieron escalar, aunque escuché que Capitán ladró y pronunció: «Al que persigues no es a un monstruo, apenas es un pequeño colibrí, y no te dejes atrapar por ese sentimiento que en él has puesto».

Allá los dejé...
y me fui atrás de él

Cuando bajé por el otro lado del enorme precipicio, como siempre, encontré el barco que me llevaría a atraparlo. Cuando subí a él, me dijo:

—¡Has vuelto!

Y yo le dije:

—¡Sí!

—¿Adónde quieres ir? —me interrogó.

—Ahora te pido que me lleves hacia donde está Miel.

—¿Estás segura? —me preguntó y, sin titubeo alguno, le dije:

—Completamente.

Entonces replicó:

—Vamos hacia los Andes, a todo estribor.

Era la primera vez, en tantos años de navegar juntos, que aquel navío hablaba conmigo; pensé que quizás haber confiado en él había sido la clave para que el vapor se involucrara en mi recorrido.

«Querido diario:

He entrado nuevamente en el mismo barco, solo que ahora me he dado cuenta de que habla y se interesa por mis cosas. Que aunque he dejado atrás a varios de mis amigos, ya no me encuentro tan sola, liderando mi propio navío. Estoy en mi camerino, tratando de discernir lo que he aprendido. Lo que dijo Dan lo considero una verdad. Una ilusión es suficiente para hacer renacer un corazón. El reencuentro con ellos ha dejado en mi alma la alegría de que, pese al tiempo y a mis circunstancias, Dan, Alejandro y Capitán me quieren mucho y que, además, cuando Alejandro dijo: "Te pido que nunca dejes de cantar y de bailar", rememoré que eso es lo que más disfrutaba hacer... Abrazar a mis amigos debo de reconocer que me ha causado una dicha tan grande y, en tan poco tiempo, he sido muy feliz.

Al decirlo, cayó sobre mi almohada el pétalo número 9.

Querido diario, me he dado cuenta de que cada vez que ha caído alguno de los pétalos de mi rosa ha sido cuando, por una o por otra situación, yo me he sentido muy feliz. Y tener en la bolsa de mi delantal nueve pétalos de mi rosa poco a poco me va haciendo sentir sensaciones tan placenteras que había olvidado, las que deseo seguir experimentando. De momento, te dejaré un rato para salir a cubierta a conversar con la voz del vapor que me lleva hacia Miel y luego te compartiré lo que hablamos».

—¡Hola, amigo!

—¡Bienvenida, Carmín! Tenemos suerte, el mar está tan tranquilo y nos dejará conversar…

—¡Qué bonita tarde!

—Realmente lo es. Señora embarcación, ¿cuál ha sido su peor travesía?

—Bueno, Carmín, creo que no existe lo peor, si de ello extraes lo mejor.

—Así decía papá…

—Tu padre tenía razón.

—Creo que sí. He navegado entre fuertes tormentas, entre remolinos que casi me dejaron sin respiración… estuve a punto de ser succionado cuando navegaba por el Triángulo de las Bermudas.

—¿Que usted también respira, señor barco?

—Todos debemos hacerlo y, si lo haces muy rápido, no puede el oxígeno nutrirte de vida.

Otra pregunta:

—¿No tiene miedo de que venga otro remolino y de que juntos nos muramos?

—No pienso en cosas que no son.

—¿Cómo dijo?

—Muchas veces nos imaginamos situaciones que no son reales, Carmín, las que únicamente son producto de nuestros miedos y de nuestra imaginación. Si le damos cuerda a ellos, fabricamos muy fuertes tormentas, torbellinos, hundimientos que nos pueden atrapar y hundir para siempre en las profundidades de este mar, aunque lo que haya sea un lindo día que ilumina el sol.

—Me iré un momento a descansar, la historia que acabo de vivir en este laberinto de donde he venido es larga… ha sido lo bastante fuerte, es muy dolorosa y, aunque empieza a tener destellos de felicidad, deseo dormir en mi suave camerino.

—Que te repongas, Carmín. Reposa sin preocupación, vaticino que no tendremos olas, no habrá marejadas, será un viaje tranquilo y, si al despertar quieres venir a conversar, aquí estaré.

—¡Gracias, amigo!

«De nuevo, aquí estoy contigo, querido amigo. He navegado gran parte de mi vida en este navío y hasta ahora me he dado cuenta de que navego al lado de un ser muy sabio. Sus palabras me dirigen a reflexionar, si con estas carreras en las que ando realmente vivo y respiro. Parece que los últimos años los he pasado naufragando y, aunque la marea me ha llevado hacia bellísimos lugares, he encontrado motivos que repetidamente vienen y me distraen, a tal grado que no me dejan disfrutar de tan bonitos parajes... Creo que, cuando algo empieza a asfixiarte, es mejor cambiar de rumbo y navegar en otro mar, sin estar en esas nuevas aguas, pensando en las anteriores, que lanzaban unas olas que te hubieran podido ahogar».

Meditaré un momento, como lo hacía Miel, para luego subir a dialogar con la maravillosa voz de mi amigo de alta mar. «Estoy

en la montaña, la brisa de una diáfana mañana me acompaña y me induce a respirar con lentitud y a profundidad: siete, seis, cinco, cuatro... uno... Nada me turba ahora, ninguna idea irrumpe esta condición y mi imaginación me lleva a situarme al dormitorio de mi infancia, al lado de Carbón. Siento que su respiración, la mía y la de mis juguetes se fusionan, a tal punto que me abstraigo, cuando veo que camina hacia nosotros Bují... ¡Qué sensación más estabilizadora!».

Siete, ocho, nueve, diez... y, cuando abrí mis ojos, con un sentimiento de tranquilidad, me dirigí hacia cubierta. Noté que había una mesita con un bonito mantel, donde los pulpos y las ballenas dibujadas nos fusionaban con la vida de la mar. Había un pichel transparente, el que dejaba ver al fondo algo que parecía un refresco claro, con algunos cubos de hielo, que cada vez se diluían más.

—Sírvete, es para ti —pronunció el experimentado Capitán.

—Qué amable eres —respondí. Bebí el refresco de limón, el que sabía parecido al que mamá hacía con los incomparables limones de mi amigo el limonero. Fue cuando le dije—: El jugo de estos limones, aunque no es idéntico al de mi hogar, tiene mucho parecido con el que mamá usaba para mezclarle agua y unos cuantos terrones de azúcar... ¡Qué rica limonada!

—Me alegro de que disfrutes de ella, aun sabiendo que no ha sido hecha con los limones del patio de tu infancia. ¿Sabes, Carmín? Muchas veces nos pasa que únicamente deseamos tener lo que nos es familiar y, por andar en esa búsqueda, no disfrutamos de otros sabores, de las nuevas aventuras, y botamos a la basura momentos maravillosos que la vida nos regala.

—Es que se me hace tan difícil no comparar. Si tú hubieras probado aquel pan de mamá, no hay otro igual, y lo peor es que ahora que ya no está ella; Alejandro, mi amigo de infancia, me invitó a prepararlo con la receta que ella inventó, lo que a mi parecer no está bien.

—Dime tus razones antes de dar mi opinión, Carmín.

—Bueno, en primer lugar, si ella ya se ha ido, me parece muy mal que lo disfrutemos sin su presencia. También carecemos de algunos ingredientes para que nos salga exactamente igual, no tenemos limones con los que yo solía hablar ni tengo el deseo de volver a cantar, y esa es una nota importante para el procedimiento final de esa torta de naranja doradita… De solo pensarla, se me hace agua la boca…

—¿Puedo darte mi opinión?

—Sí, por favor.

—No veo por qué no disfrutar de ese pan, si tú lo quieres volver a saborear. Ella habrá hecho esa receta, para que conforme la familia va creciendo, todos sientan esa herencia que parece hechizar de felicidad… y sobre la falta de algunos ingredientes, allí debes de probar tu creatividad. **Si te aferras únicamente solo a esos limones y no logras superar las limitaciones que tú misma te pones, nunca lo vas a volver a disfrutar y te quedarás con el sentimiento reprimido de degustar esa torta exquisita.** Y si no tienes limones, utiliza de los que usé para hacerte ese refresco que ahora bebes. Perdona mi atrevimiento, pero si le preguntáramos a tu mamá lo que pensaría de que siguieras la receta y le dieras tu propia sazón, quizás ella te diría que intentes hacer su pan a tu manera, que no tienes que prepararlo exactamente como lo hacía ella.

—Entonces no será su pan.

—Claro que sí, con algunos agregados o variantes de su hija Carmín. Veo que no me has respondido y que te has quedado pensativa… es bueno que reflexiones, porque tu madre hizo las cosas a su manera y tú no eres ella. Te daré una regla, la que te puede servir en el recorrido por el que andas: No existe nadie ni nada que sea igual, lo lindo de la vida es que todos somos diferentes y, como tales, cada quien tiene derecho a hacer su propio pan, a agregarle ajonjolí si es lo que más le agrada, a espolvorearle azúcar pulverizada o frutas confitadas, aunque tienes la libertad de tomar algunos consejos de mamá si así lo decides tú.

—Carmín, ¿te importaría si cambiáramos de rumbo? ¿Si te llevo a unas llanuras bellísimas antes de seguir el camino hacia donde te abrazarás con Miel?

—¿Cuánto tiempo nos demoraríamos en llegar hacia los Andes, Capitán?

—La verdad es que queda muy lejos, pero te prometo que estarás antes de que empiece el próximo invierno…

—¿Estás seguro de que lo lograremos?

—Completamente seguro no puedo estarlo; sin embargo, haré mi mayor esfuerzo.

—¿Y por qué quieres llevarme a esas llanuras?

—Bueno, porque aprenderíamos mucho.

—Déjame pensarlo y mañana te lo contesto.

—Si me respondes hasta mañana, tendremos varias millas de retraso.

—Pero tú mismo dices que hay que reflexionar.

—Es verdad, aunque a veces debemos de tomar decisiones en milisegundos y, dadas las circunstancias, creo que esta es una de ellas.

—Bueno, entonces dame diez minutos para decidir.

—Me parece bien.

Tengo poco tiempo para tomar mi decisión y, desde que empecé a pensar lo que me convendría hacer, llegaron de nuevo aquellas voces que me han solido visitar desde que ando atrás de mi rosa…

—Dijiste que irías hacia Miel, entonces no cambies de opinión.

—Eres una veleta, Carmín.

—Decídete de una vez, pero no varíes tanto.

—Ya has crecido lo suficiente como para dudar de lo que debes hacer…

Después de escuchar un momento todo aquello y de casi caer en sus errados consejos, otro personaje me visitó. «¿Y si no llegas a tiempo para estar con Miel? ¿Y si ella se cansa de esperar? ¿Si se enferma de tristeza y muere?». Hablaron el pesimismo y la culpa, dos entidades que a veces nos visitan y a quienes tampoco escuché, pero, para no hacerlo, esta vez tuve que presionar muy fuertemente mis oídos. También llegó la desconfianza a conversar por un minuto y ella murmuró:

—¿Qué pasa si el navío es amigo del diminuto colibrí? Tal vez es una trampa.

Y como no la oí con atención, se extinguió. También el miedo me habló:

—Si en las llanuras te devora alguna fiera extraña, no podrás recuperar tu felicidad, la perderás…

Cuando después de diez minutos y entre tantos vocablos, un sonido exterior preguntó:

—¿Vamos hacia las llanuras, Carmín?

Y, sin pensarlo más, le dije:

—¡Sí!

Hicimos un viraje repentino y ahora nos dirigimos hacia otro rumbo.

Amaneció un nuevo día idéntico al anterior y, esta vez, el Capitán, dueño de su propio barco, me convidó a entrar a su cocina.

—¡Qué linda estancia!

—Me alegra que te agrade —respondió la voz de mi nuevo amigo.

En esa cocina tan blanca, de cortinas que evocan a las estrellas del mar, había docenas de botecitos nevados, celestes y azulados, entre uno que otro amarillo, que entre ellos aparecía. En algunos leí: «*Azúcar, miel, especias, mantequilla de maní, chocolates, jaleas de muchos sabores y mermelada de naranja*», que es la que más me agrada. Tomé un pedazo de pan, el que primero tosté en la tostadora que tiene cara de langosta. Le agregué una cucharada colmada de la mantequilla de maní que descubrí y me senté en cubierta a degustar el sabor del ayer, en el barco que ahora me lleva hacia una llanura, donde mi amigo me ha invitado.

En el horizonte de la mar, navegar de la mano de un ser tan sabio me enseñó a disfrutar de aquella ola que se eleva y que lleva en sus entrañas a cientos de pececitos que se dejan guiar. Me dijo que si yo quería ser uno de ellos y sentir la sensación de viajar entre tan bellas ondas, lo único que tenía que hacer es adentrarme al lado de ellos y vivir a plenitud la sensación de ser uno más de aquel cardumen que parecía dirigirse hacia el mismo sitio adonde vamos. Fue cuando le dije:

—Pero aunque he aprendido a nadar en fuertes remolinos con mi amigo polar, nunca lo he hecho en las profundidades del mar y, si me ve un tiburón, me comerá.

—Hay algunas formas de hacerlo, Carmín —me contestó—. Una de tantas es imaginar que vas al lado de ellos, encontrando a quienes con diferentes atuendos se deslizan hacia cuevas donde reinan grandiosas sirenas…

—Entonces, no voy realmente con ellos —le respondí.

—Claro que si lo haces integrándote a su respiración, formas parte de su grupo.

—No hablaré contigo por unos momentos e intentaré experimentar lo que acabas de narrar. Hasta la vista, Capitán.

—Que lo disfrutes, Carmín.

Estoy empezando a sentir la sensación tan placentera de adentrarme poco a poco a las frescas y agradables aguas de este mar. Su ser se impregna todo en mí y yo le he permitido que sienta lo que soy. Poco a poco, aquella pequeñita ola se acerca más, tanto así que ahora me lleva a sentir que navegar sobre ella es una sensación tan sutilmente deslizante… Mis ojos se encuentran con un mundo inmensamente azul, tanto lo es que mi piel ha empezado a tomar algunas pinceladas de su tinta. Conforme desciendo, experimento en mis oídos el palpitar de millones de corazones que se fusionan en un mismo ritmo y es allí cuando el mío se empieza a acoplar al compás del mismo. Las notas musicales del fondo del océano generan una sensa-

ción que me adentra más y más a su grandiosa orquesta, donde el delfín y la sirena me cautivan con las sutiles notas de sus aleteos… Ahora me envuelvo con ese sentimiento completamente nuevo, donde lo único que hago es sentir los latidos de este inmenso corazón. Me pierdo entre las extensas siembras de algas pardas, nado al lado de los peces araña, observo más allá a unos pequeñitos que con sus diez patas curvadas caminan de lado, mirando con sus graciosos ojos abultados en dirección hacia una cueva donde formarán sus carapachos y, más al fondo, voy a nadar entre los bancos de peces golondrinas… los que parecen volar hacia la superficie para traer historias que contar a los peces linterna que deambulan por la noche iluminando este azul más intensamente oscuro. Poco a poco, la paleta tintada de negro ha cubierto el tono azulado del mar, con una capa que adormece a las criaturas marinas. Nado en este momento asida a la aleta de un delfín que viaja con sus más amigos hacia la superficie… al llegar, algunos que se adelantaron parecen flotar y soñar, mientras la turbulencia de una linda ballena no deja de aletear al lado de sus pequeñas crías para evitar que estas se hundan. Mi amigo gradualmente va disminuyendo la agilidad de su paso, para entrar en un dulce letargo, donde ambos descansaremos flotando entre las ondulantes caricias que el ancho mar inventa para arrullarnos. Sueño que voy a visitar a las sirenas y que ellas se sonríen de mis pequeños pies-aletas. Nos reímos ambas y, una de ellas, la más pequeña, me trae un pulsera elaborada con los más rojos corales, la que coloco en mi tobillo derecho; mientras la otra teje una flor cuajada de conchas, la que ata a mis rizos, ahora lisos, por el agua en que me desplazo. Juego y me divierto con ellas, mientras los pececitos de color iluminan con sus cabecitas nuestro pequeño rincón.

Cuando, entre un claro de rocas, aparece un rayo de sol, el que me hace despertar flotando sobre una marea tan serena, al lado del barco que me llevará hacia las llanuras.

—Viajaste largo tiempo hacia las profundidades, Carmín…

—Sí, fue una maravillosa experiencia. Aprendí que mi compañero el delfín no cierra un ojo, aunque ronca como Carbón —lo que hizo carcajear al dueño del navío y, luego de reír a más no poder, me dijo:

—Lo que sucede es que él rota sus dos hemisferios cerebrales para dormir.

—No entiendo lo que dices —respondí.

—Es tan sencillo... Resulta que los delfines, para dormir y no ahogarse, entran en un estupor donde desconectan uno de sus hemisferios, mientras el otro está alerta ante cualquier situación y, al cabo de dos horas, alternan con el otro ojo y hemisferio.

—¡Qué divertido! Entonces, quiere decir que había desconectado su hemisferio derecho, porque ahora que lo recuerdo, cuando llegó una gaviota a vernos, aunque dormía, su ojito izquierdo estaba abierto de par y par y, por más que suavemente se lo quise cerrar, no lo pude lograr.

—Así de fácil es, Carmín.

—Ha sido un maravilloso viaje, Capitán… mientras usted se prepara para anclar, yo iré un momento a mi camerino. Tengo que conversar con mi amigo que tiene la tez más blanca que he visto, al que pinto con vocales, con consonantes, al que le cuento sobre algunos aprendizajes y con quien tenemos algunas metas que cumplir.

—Un momento, por favor. Carmín, cuando escuches un sonido estridente, hemos anclado y esta vez te acompañaré a andar por ese nuevo recorrido.

—¿Dices que andarás?
—Ya lo verás.

«S.F. En el mar y anclando en las
llanuras.

Querido diario:

Si lo notas, he dejado de llorar, ya son algunas
páginas en las que no encuentro que las lágrimas
dejen huellas de tristezas sobre tu impecable fondo.
Con mi nuevo amigo, he navegado en un tranquilo
mar y me ha invitado a desayunar aquello que
de niña a todas horas solía tanto degustar. "¿A
que no adivinas qué es?". "Veamos, Carmín, es
el pan de tu mamá". "No, es lo segundo que más
me solía gustar". "¡Ya sé lo que es!". "Dilo, pues".
"Los limones del limonero que te solía conversar".
"Bueno, pensándolo bien, es lo tercero que me
gusta, pues ahora que lo dices, amigo diario, creo
que tienes razón, eso era lo casi primero, tanto
que, cuando me peleaba con mamá, pasaban los
limones a un primer plano, bajando de jerarquía,
a su sabroso pan, aunque, cuando llegaba mi
amiga dorada y alada, y me sacudía sus polvitos,
subía a la posición original". "¿Pero a ver si de
verdad me conoces...?". "La mantequilla de maní".
"¡Sí!"

"Ay, Carmín, tráeme un poquito para saborearla, tengo ganas de sentirla, ya no la he podido gozar. Recuerdo cuando tus finos dedos escribían sobre mí, con residuos pegajosos de su sabor...". "Mejor te contaré algo, querido diario, a ver si a ti te resulta; de lo contrario, te prometo que iré a la cocina a traerte una cucharada bien colmada".

"¿Sabes qué? He aprendido que no se necesita usar aletas para bucear en lo profundo del mar. Sin mojarme de verdad, fui a las cuevas de las sirenas, vi a miles de especies marinas y dormí con un delfín que cierra un solo ojo". A ver, mi querido diario, cierra tus ojos y abre tu corazón, e imagina que vamos hacia la cocina adonde al llegar diremos: 'ABRACADABRA'. Al pronunciar esa palabra, empezaremos a observar detenidamente cómo el pan entra en la boca de la langosta; más bien, a la tostadora con cara de langosta. Observa y siente cómo poco a poco el bote de maní se le aproxima, sin que lo tomemos con las manos sobre la mesa blanca. Al hacerlo, como por arte de magia, se abrirá su tapa, e inmediatamente observa cómo una cuchara que sale de la gaveta directamente se dirige hacia él, para extraer con cuidado una porción. Y mientras esto sucede, el olor se aproxima más, haciendo que salives, cuando lo tienes en tu boca. No abras los

ojos todavía, que tienes que gozar a profundidad lo que haces en este preciso instante.

"¡Qué agradable sabor! ¡Qué rico sabe! Tenía tiempos de querer comer algo tan delicioso como este pan tostado untado con mantequilla de maní".

"Abre tus fojas de papel. ¿Qué te pareció?".

"Tan verdadero que hasta quedaron residuos de ella sobre mis blancas páginas"».

De repente, una vocecita al lado de mi diario exclamó:

—¡Qué rico estaba el pan que me comí, a mí también me gustó! —y, al volver mi vista hacia ella, cuál fue mi sorpresa que ante mis ojos estaba mi amiga la luciérnaga—. ¡Ay, amiga, qué alegría! ¡Qué feliz me hace tenerte de nuevo entre nosotros!

—A mí también me palpita el corazón; ya te extrañaba, Carmín. Muchas gracias por anotar en tu diario el vocablo que me permitió venir.

En ese momento de plena felicidad, mi diario empezó a dibujar una rosa exactamente igual a la que busco… Sus trazos eran perfectos como aquella; sin embargo, cuando terminó de dibujar su noveno pétalo, vi que le faltaban SIETE adicionales, para estar completamente entera para mí. Fue cuando entonces escribí:

«Muy pronto verás, amigo diario, que lo tomaré entre mis manos y le diré: 'Dame mi flor' y, si no me la da rápidamente, se la quitaré y, al tenerla, la pondré dentro de la bolsa de este delantal, que nuevamente he de lavar».

El barco atracó y, al llegar hacia la puerta con mi amiga voladora, un marinero de tez dorada por el sol, de buen porte y de muy bien delineadas facciones, atento me esperaba. Al notar que yo venía, gentilmente, me saludó. Vestía un traje fresco tintado de color añil, su cuerpo era esbelto y sonreía diciéndome:

—Es por aquí, Carmín.

—¿Quién eres? —cuestioné.

—El que te preparó aquel refresco de limón —me respondió.

—Pero si no tenías cara, solamente eras una voz…

—Eso era lo que tú imaginabas, Carmín; sin embargo, desde que eras una niña y jugabas en el patio de tu casa, al lado de Dan, te conocí.

—¿Adónde estabas que no te vi?

—Es una larga historia… aunque si puedes esperar, cuando volvamos a subir al barco, paso a paso la podremos recordar.

—Bueno, en vista de que no tendremos mucho tiempo para anclar, está bien.

—Y a propósito, ¿qué es lo que vamos a encontrar?

—Si apenas empiezan a abrirse estas páginas, Carmín, y ya quieres llegar a su final… ten un poco de paciencia y ya verás lo que, paso a paso, encontraremos juntos en este laberinto.

Mientras empezamos a sentir la naturaleza de esta sabana con algunos árboles dispersos que dejan ver a sus pies algunas hojas caducas, escuchamos el galopar de un conjunto pintado de rayas negras y blancas que agitadas se movían ondulantes. Eran las ágiles cebras, las que trotaban y, luego de vivir tan intensa experiencia, me senté bajo la sombra de uno de los árboles que aún retenía un buen follaje y aproveché que el sentimiento estaba a flor de piel, para anotar mi percepción y la experiencia emocional que me provocó.

«En la sabana africana, S. F.

Querido diario:

Escribo mientras mi ritmo cardíaco empieza a regularse otra vez. La tierra empezó a retumbar, mientras un ejército vestido de blanco y negro galopaba sobre su suelo. Me imagino el eco magnificado que sintieron las criaturas que viven en sus madrigueras… La verdad es que todo esto es nuevo para mí y, en este redescubrir, aprendo cada día aún más.

Cuando las vi pasar, sus ondas me reflejaron altas crestas, las que se aplican a la naturaleza entera. Cuando se impulsaban, parecían trazar la sensación que experimento cuando por una u otra circunstancia siento una vibración de felicidad y, cuando caían con sus cascos sobre la tierra, me rememoran precisamente lo que he sentido cada vez que aquel colibrí me mostraba mi flor y, con ella estrujada entre su pico, seguía el vuelo, indiferente a mi sentir.

Ahora que lo reflexiono más hondo, ellas dejaron las huellas de una conmoción impresa sobre un lienzo inmenso, como lo han dejado algunas experiencias... Sin embargo, con el curso de los días, con el viento, con la lluvia, con el paso de otras criaturas, aunque allí las veo muy frescas, tenderán a desaparecer; cómo poco a poco ha ido desapareciendo ese sentimiento que yo albergaba en mis adentros hacia AQUEL.

—Seguimos, Carmín —pronunció el marinero, cuando yo me levanté dispuesta a emprender, mientras él me decía—: La vida en la llanura ofrece toda una gama de sensaciones… unas serán gratas, otras las desearíamos no tener; sin embargo, si extraemos lo mejor de cada una, aprenderemos a vivir.

—¿Adónde vamos ahora? —quise saber, cuando mi amiga alada salió de la bolsa, me detuvo y pronunció:

—Recuerda que si vives a futuro dejarás de disfrutar el color de aquellas flores, que tan obvias se pronuncian entre tantos matorrales —cuando entonces logré ver que a mi lado había un árbol que encendía aquel paraje entre tanta hierba rala, del que emanaba un lindo canto.

Trepé a él y, cuando estaba muy cerca de su copa, me encontré con un cascarón que frente a mis ojos fue que reventó. Sus ojos eran tan graciosos y, verlo tan solo, me impulsó a acariciarlo, mientras mi amigo buscaba unos gusanos, los que al colocar por entre su pico rápidamente disfrutó.

—¿Qué ave es? —interrogué, cuando él me respondió:

—Es una cotorra africana.

—¡Qué linda es! —mencioné y la empecé a acariciar, cuando de pronto sentí sobre mi espalda un picotazo de su madre, quien quizás pensó que se la iba a robar... fue cuando entonces expresé—: **Todos los emplumados son malévolos; a la cabeza, el colibrí.**

—Ay, Carmín... —dijo él. Seguimos nuestro andar y llegamos a una llanura, donde a lo lejos lo que se lograba divisar era una siembra extensa, de algo que parecían ser unas largas y delgadas estacas, las que daban una floración redondeada muy copiosa.

Conforme me fui acercando más y más, fui observando que los delgados troncos sembrados sobre la llanura se movían y cambiaban de posición; también noté que aquellas frondosas copas de un tamaño aproximado de metro y medio, conforme nos fuimos acercando, cambiaban su apariencia.

—¿Qué son esas? —interrogué.

—Son las aves más grandes que existen en la Tierra —contestó.

—¿Y sus cabezas? No veo que tengan ojos, ni tan siquiera boca. ¿Qué son?

—Antes de mencionarte sus nombres, quiero que describas lo que te provocan y luego conversaremos sobre ellas.

«S. F. En medio de la llanura del África.

Amigo diario:

Sus patas son larguísimas, no tienen ni cabeza ni ojos ni boca; parecen aves, porque logro ver algunas plumas que forman un nudo gordo y, en sus puntas, tienen largos tallos delgados, los que se paran sobre la tierra, aunque uno de ellos parece que brota desde dentro muy bien enraizado. Pobrecitas, están asidas a un pequeño espacio, ni tan siquiera nos han visto... bueno, es que ni ojos tienen. Me acercaré para acariciar una, pues me dan lástima, se ven como amarradas, como ciegas, como ausentes de lo que sucede a sus alrededores.

"¡Qué susto me llevé!", cuando poco a poco me acerqué y la toqué. Sacó su linda cara, con unos inmensos y redondos ojos y con su pico me sonrió, pero luego metió su cara debajo de la tierra. Entonces me saqué un trozo de pan y le dije: "¿Quieres?", y ni siquiera se inmutó. De la que se perdió. Luego pensé que un trozo de queso le sabría mejor; sin embargo, vanos fueron mis intentos, pues aquella criatura seguía detenida en el mismo punto donde la encontré. Pasaron los minutos y preferí venirme a escribir sobre lo necia que esa ave es».

—¿Cómo se llama?

—La denominan avestruz —me dijo él.

«Me encuentro en medio de docenas de patas largas de avestruces, las que en su cima desarrollan una pelota de plumas, de la que sale una nuca flexible y larga, de donde se desprende una pequeña cabeza, la que entierran en el fondo de la sabana, manteniéndose aisladas de lo que les circunda. Es la primera vez que alguien se resiste a este pan tan delicioso... es más, me parecieron descorteses, afanadas en un solo punto, viviendo en un pequeño hueco, cuando el mundo es inmenso. De la que se pierden esas malcriadas... tantas experiencias lindas que la vida nos presenta y a ellas no les importa, más que meter sus ojos dentro de esa cueva que cavan. La verdad es que todos los seres emplumados poseen cualidades que no me parecen. Algunos roban. Otros no agradecen las muestras de cariño y se dejan venir con sus picos que parecen chuzos filudos y, algunos, además de ser desagradecidos, ni siquiera te vuelven a ver. La verdad es que son iguales a aquellos seres emplumados del iglú, así que cuando vea a algún monstruo con plumas, mejor me alejaré de él».

—Ya escribí lo que he visto.

—Léemelo, por favor —dijo él, fue cuando entonces, al terminar, me dijo—: Carmín, por lo general, lo que narramos no describe lo que verdaderamente es.

—¿Qué quieres decir?

—Que proyectamos en los otros lo que quizás no son. ¿Cómo es posible que por una o dos experiencias generalices ese sentimiento a las demás aves? Mejor hagamos algo diferente, anota en tu diario lo que te recuerdan y el sentimiento que te producen.

«La verdad es que me dan lástima, tal vez rememoro las veces que por estar aferrada a una sola situación no he visto un panorama amplio. Pueda ser que me haya vuelto ciega, que por estar pensando en una obsesión no haya saboreado de tan gratas compañías, de lindas estancias, de maravillosas oportunidades y que me haya perdido de tantas cosas, como ella, que no gozó de este pedazo de pan... En cuanto a lo que me generan las especies emplumadas, es malestar. Sus actitudes son ingratas, me han hecho tanto daño. Y aunque por sus apariencias no se vean tan malas, irrespetan. Me quitaron mi flor... y, por buscarla en todos lados, no he podido vivir ni ser feliz».

—Ya terminé.

—Léemelo, por favor Carmín…

Cuando iba a culminar de leerlo, lentamente vi que aquella ave, a la que me había acercado y había sobado, poco a poco se fue aproximando más hacia mí y, con su pico, me acarició. Entonces comprendí que había desplazado hacia ella ese sentimiento que vengo arrastrando desde hace tantos años. Jugamos las dos de correr y en nuestro recorrido pudimos ver manadas de elefantes, los que apaciblemente andaban entre el follaje de grandes árboles, que aparecían conforme nos alejábamos de la sabana. Pasamos entre ríos tan diáfanos, donde los hipopótamos son los amos y señores. Seguimos con mi amiga avestruz un camino de huellas en forma de trébol, hasta que fuimos a parar a un lugar donde vi de cerca a los rinocerontes de dos cuernos, y fue cerca de allí donde escuchamos un sollozo, lo que nos dirigió hacia un lugar escondido entre un espeso follaje. Allí encontramos a un elefantito, quien nos narró que a su mamá se la habían llevado bien dormida unos cazadores y que a él no lo habían dejado ir con ellos. El avestruz me dijo al oído, suavemente, que los cazadores tienen una cueva muy cerca de ese lugar, donde preparan somníferos que les lanzan, para que no sufran y a las horas los matan.

—¿Para qué? —pregunté.

—Para vender sus hermosas cabezas como trofeos muy apreciados.

—¿Me llevas a ver?

—Sí —dijo ella.

Fuimos los tres hacia allá, cuando un aye-aye, entre los espesos bejucos que andábamos, se aproximó tan ágilmente y me robó la peineta de cristal que recogía mis rizos y, por más que se la intenté agarrar, no lo alcancé, así que retomamos nuestro camino en la búsqueda de su mamá. Nos encubrimos entre la maleza, llegamos hacia la cueva y notamos que no había nadie, lo que aproveché para entrar, pidiéndole a mis amigos que me esperaran en este lugar.

—Esta gruta es muy oscura y húmeda, en ella he encontrado dos camillas escondidas de metal, algunos frascos, en los que pude leer: 'anestesia general', de los que tomé dos y cuando guardaba en una bolsa varias jeringas, logré escuchar que un motor se aproximaba. Menos mal que lo logré…

—Gracias al cielo —dijo el avestruz, y el elefantito puso una cara de felicidad.

—Cuando los dos duerman, entraré y los inyectaré.

—¿Los matarás?

—No, solamente los pondré a roncar.

—¿Pero si grita uno y despierta al otro?

Entonces, dijo el avestruz:

—Ya sé, yo no lo dejaré, con mis largas piernas lo comprimiré contra la pared, mientras le pones la otra inyección.

—¡Qué buena idea!

La noche apareció y nos fuimos aproximando poco a poco, cuando escuchamos que dormían y así fue; con la ayuda del susto que mi amiga les dio, fácilmente, inyecté a los dos… Felices, salimos de la cueva, cuando el avestruz nos condujo hacia donde había más de una docena de cabezas; sin embargo, su mamá estaba presa bajo una larga cadena.

—¡Mamá! —pronunció muy alegre el elefantito.

—¡Hijito! —dijo ella, cuando entonces corrí a traer las llaves del fuerte candado con el que la tenían atada, las que encontré en las bolsas del pantalón del cazador al que asustó mi

amiga de patas largas—. Corramos muy lejos —dijo la elefanta y, cuando veía que los dos felices se internaban en la amplia llanura, cayó sobre mí un pétalo igual a los que he guardado en la bolsa de mi delantal.

Reímos de felicidad… cuando escuché que el vapor lanzaba un sonido diferente al usual. Y a paso veloz, me despedí de antílopes, de asnos, de chimpancés y, cuando llegué a mi destino final, el barco ya casi cerraba la puerta, por medio de la cual logré pasar…

Por favor, Capitán, lo más veloz que usted pueda navegar, quiero abrazar a Miel...

Feliz, me desplacé hacia mi camerino y un sentimiento pleno me envolvía, cuando noté que en la mesa donde suelo escribir, había un botón de una rosa muy roja. Lo tomé entre mis manos, su fragancia me embriagó... cuando el vapor anunció: «Vamos hacia los Andes», y luego la voz conocida expresó: «Te espero en cubierta, Carmín».

Tomé un baño con delicadas esencias, peiné mi larga cabellera y dejé mi delantal en espuma, para estregarlo en la noche y usarlo el día de mañana. Lucía un vestido muy suelto, que caía al suelo. Su tono era azul y subí a la proa con mis pies descalzos; dejé descansar mis bellos zapatos un rato. Allí estaba él. Vestía un traje de blanco y su piel dorada reflejaba a una persona jovial...

—Te perdí de vista, Carmín.

—Es cierto, me fui a conocer las extensas selvas del África.

—¿Cuál fue tu experiencia?

—Fue grata e ingrata a la vez.

—¿Aprendiste algo?

—Sí.

—¿Fue bueno venir?

—Sí lo fue. ¿Cómo estará la marea?

—Realmente muy bella. Debes de estar hambrienta…

—Un poco.

—¿Vamos a comer?

—Me gusta esa idea… ¿Qué es eso que tienes al fuego?

—Betabeles y algas.

—Me encantan…

Comimos un plato de cangrejo espléndido, la fritura verde estaba fantástica y empezamos a hablar un poco de los dos.

—De niña jugaba con Dan. Tenía muñecas, a quienes peinaba de trenzas. Bailaba, tocaba un teclado y mi juguete predilecto era una cajita de música en la que una niña danzaba ballet. Ahora recuerdo que cuando cumplí dieciséis, la boté de un puntapié, porque ella insistía en bailar y lo único que yo deseaba hacer era llorar, y así fue como nunca la volví a ver… Ahora es tu turno…

—Bien, Carmín. De niño tocaba guitarra y soñaba con navegar en alta mar, porque un día encontré en una fuente, que estaba muy cerca de mi casa, un mensaje que una niña escribió para mí, el que colocó dentro de una linda botella que flotó y flotó… Entonces, cuando cumplí veinticinco años, les dije a mis padres que me iría al mar. Navegar en él me ha hecho inmensamente feliz y, cuando te vi, me alegré de tener a mi lado a alguien con quien iría a recorrer nuevas rutas marinas.

—¿Pero, por qué no me hablabas?

—Porque nunca me mirabas, Carmín.

—¿Cómo dices?

—Yo paseaba entre ciertas estancias de esta bella nave y a veces te encontraba, te oía pelear, otras te escuchaba llorar… en fin, una vez te saludé, te invité a caminar y ni tan siquiera me volviste a ver y mucho menos me respondiste.

—Lo siento, he andado afanada en su búsqueda.

—¿De quién?

—De aquel que me lanza pedazos cortados de mi flor; mira, ya me ha lanzado once pétalos… —fue allí, precisamente, cuando se los quise mostrar, que me di cuenta de que había dejado mi delantal enjabonado con todo y ellos… Corrí hacia mi camerino y le dije: «Adiós». Al llegar, traté de sacar los pétalos de mi flor, pero como estaban tostados y los sumergí dentro del agua con todo y mi atuendo, desaparecieron legando al agua un tono pastoso.

Lloré otra vez; luego de no hacerlo tanto tiempo, lloré más, hasta que me envolvió la noche y me arropó. Al despertar, un sentimiento de nostalgia me embriagó y fue allí cuando volví a sacar mi pluma y escribí.

«S.F. En el barco hacia los Andes.

Ha sido tan frustrante andar mi vida siguiendo aquella ave, la que me ha lanzado poco a poco y de uno en uno los once pétalos que deshice sin desearlo. No entiendo cómo pude olvidar algo tan importante, cómo no recordé que allí estaban, cuando significaban una reliquia que me llevaría a completar mi flor. Sin ellos, no sé lo que voy a hacer, si poco a poco y, sin que se diera cuenta

AQUEL, me iba adueñando de la totalidad de mi rosa, la que con los días parecía quedarse tan solo con los vestigios de lo que llevaba con él. Y es que cada vez que me lanzaba un pétalo, yo me sentía inmensamente feliz... No será lo mismo recuperar los que faltan, yo la quería entera para mí».

—Te invito a cubierta, Carmín —pronunció la voz que esta vez sí escuché.

Pero no le hice caso, preferí hacerlo hasta que hubiésemos atracado. Al poco tiempo el Capitán anunció que habíamos arribado en San Martín de los Andes, lo que me lanzó de inmediato a la proa.

—Es una mañana cálida y soleada, la temperatura apunta 23°C —anunció aquella misteriosa voz.

—Me quedaré anclado hasta que decidas partir de este hermoso lugar —dijo él.

—¿No deseas venir conmigo? —le pregunté al salir.

Y él dijo:

—Te esperaré aquí; mientras tanto, debo sentarme a escribir.

—El Capitán es algo extraño, ¿no crees, luciérnaga?

—Todo lo contrario, es encantador.

—Entonces, ¿por qué no quiso acompañarnos?

—Porque tiene que escribir —dijo él.

—De la que se pierde al no ir... ¿será que no le caigo bien?

—De nuevo con tus pensamientos, Carmín…

—¿Has visto sus ojos?

—Sí, tienen un bonito color; pero no solo eso, algo hay en su expresión…

Vamos escalando en la maravillosa cordillera de los Andes, la ruta inca ofrece unas vistas espléndidas y me ilusiona enormemente abrazar a Miel. La calidez del espíritu cordillero nos brinda unas empanadas exquisitas, mientras mi amiga dulcera, la luciérnaga, prefiere saborear unos chocolates acabados de hacer. «Ay, Carmín, solo por este sabor valió la pena venir hasta aquí…». Nos encontramos con una familia de campesinos y les preguntamos que si íbamos en la correcta dirección hacia la «ciudad de las nubes» y ellos dijeron que Martín, su joven hijo, nos podía acompañar. Pero que nos ofrecían su estancia para reponer con una larga siesta las energías para emprender bien de mañana nuestro viaje hacia Machu Picchu. Les narré que buscaba a Miel y ellos dijeron que era su buena amiga y que había pasado saludándolos hace unos pocos días, lo que me llenó de felicidad. Repentinamente una pequeña esperanza voló hacia mi mano y con su misteriosa voz me dijo: «Si me permites, te acompañaré hacia las alturas», y entonces la coloqué con mucho cuidado sobre mi hombro derecho… La familia de Martín agregó: «Nos comentó que va en una cabalgata con un viejo alpinista y con dos amigos más, hacia Machu Picchu». Al despertar, luego de dormir en el seno de una familia que emana tranquilidad y paz, nos despidieron deseándonos suerte en nuestro grandioso recorrido, en el que finalmente algo me aseguraba que me encontraría con ellos.

La ruta de los siete lagos es realmente maravillosa y hacerla sobre los asnos que nos facilitó la familia de Martín suavizó nuestro andar. Cruzamos entre bosques repletos de cipreses, escuchamos en esa tranquilidad el sonido de cascadas y llegamos al lago Espejo, en el que disfrutamos de un paseo maravilloso y, luego de saborear las más frescas truchas, seguimos nuestro andar hasta una casita de piedra, donde la hermana de Martín nos recibió con unas tortas deliciosas. «Ay, Carmín, qué lindos paisajes, me quisiera quedar a vivir aquí», dijo mi amiga, fuera de la bolsa de mi delantal. Los días transcurrieron y las noches despertaron con el susurro de las voces de paz; cruzamos algunos ríos en balsas de rústicos maderos e hicimos muy buenos amigos en cada travesía. Sobrepasamos puentes, vimos montañas, nos adentramos en la naturaleza entera, subimos a un tren… donde cayeron varios pétalos de mi flor, porque fue precisamente allí donde me encontré a mi gran amiga Miel. Nuestro reencuentro fue maravilloso, ella leía un libro y no nos habíamos reconocido aún; cuando volví mi vista hacia ella, al verla… le dije:

—Eres Miel —y de inmediato mencionó sonriéndome feliz:

—Has regresado, Carmín.

Nos abrazamos las dos, los tres, los cuatro y les presenté a mi amiga de la bolsa de mi delantal, quien al oído me expresó:

—Tu amiga, la llama, me cae bien.

El viaje en tren se llenó de risas, había júbilo dentro de aquel vagón y, como era largo el recorrido, empezamos a narrar episodios que nos había tocado vivir. Le pregunté sobre su familia, me cuestionó sobre mis experiencias y fue allí, en ese viaje por tren, cuando le conté paso a paso lo que había vivido. Me escuchó, sin interrumpir un momento y, cuando terminé y le conté lo que había sucedido con mis pétalos, ella me dijo:

—Carmín, tu felicidad no se la ha llevado el colibrí, la tienes dentro de ti, yo te veo inmensamente feliz sin él y sin tus otros pétalos.

Fue cuando la luciérnaga habló y pronunció:

—La vida de Carmín, con o sin la flor, puede ser inmensamente feliz.

Y esas frases me hicieron recapacitar en que sin los pétalos, efectivamente, me sentía feliz.

—¿Qué haces, Carmín? —el alpinista me preguntó.

—Escribir que la felicidad no está en las alturas, sino que en mi ser interior.

—Así es, dijo él.

—Pero ¿no estabas de acuerdo conmigo?, recuerdo que tú dijiste que en las montañas más altas la podía encontrar.

—Sí y lo mantengo, pero nunca dijiste que la obtendrías al agarrar al colibrí y que, al colgarlo de las dos patas, serías muy feliz.

—Es cierto, pero explícame, ¿por qué estuviste de acuerdo en que allí estaba?

—Bueno, porque cada vez que escalo esa montaña, me siento muy feliz, pero también lo soy aquí en el tren y lo seré en Machu Picchu y, en cada momento, cuando emprenda algo con la vibración de mi corazón…

Carmín calló y sus amigos respetaron su profundo silencio… El viaje en tren siguió, el sonido de los rieles generaba cierto estupor y poco a poco las siembras de monumentales montañas profundamente verdes empezaban a manifestarse más y más, a tal punto que nos debíamos bajar para subirnos a un bus.

—Carmín, ya llegamos, debemos bajarnos de aquí.

Y ella, absorta y sin hablar, bajó al lado de todos para subirse al autobús. El recorrido hacia Machu Picchu dejaba ver una espiral, la que sembrada entre una red de montañas interconectadas iba en ascensión, cual si fuera una nave que nos transportaba hacia las nubes, la que por momentos parecía flotar en ese vasto firmamento. Fue al término de ese camino cuando todos debimos bajar, para empezar a andar, cuando Carmín reaccionó y preguntó:

—¿Estamos en Machu Picchu?

Le dije:

—Sí.

Nos bajamos y, al tocar el suelo de ese portal tan místico, observé que ella dio mil vueltas como si un trompo, con sus ojos abiertos de par en par y sus brazos extendidos en sintonía con las agujas del reloj y, cuando empezamos a andar, la vi inmensamente feliz. Noté que lo primero que hizo fue guardar su delantal en la mochila que llevaba, verla sin él la hacía parecer otra Carmín y es que desde siempre había formado parte de su vestimenta, había sido un elemento que se arraigó a su personalidad, la que sin él no se hubiera podido concebir. Antes de guardarlo con sumo primor, sacó a su amiga alada, a la que colocó al borde de la solapa de su abrigo, que asombrada repetía: «No lo puedo creer, estamos en Machu Picchu, Carmín». Ambas reían de plena felicidad y yo me contagié con la energía de ellas, al igual que el alpinista, que Martín y que mis dos amigos. A nuestro paso, anduve entre los de mi misma especie, había una familia de llamas importadas hacia las alturas, quienes muy amablemente nos salieron a nuestro andar para darnos una bienvenida tan cordial. Volver a este santuario histórico donde nuestros antepasados han vivido era para mí regresar a mis orígenes. Para mi amigo el alpinista, subir hacia la cúspide representaba una alegría más. Martín, quien había estado tres veces anteriormente, nos

había comentado que le agradaría vivir allí y a mis amigos con fuerte herencia indígena los había llamado la voz de su identidad. Así que teníamos motivos suficientes por qué disfrutar de ese momento tan maravilloso, en el que por diferentes circunstancias habíamos coincidido en la ascensión hacia estos monumentos que encierran arquetipos ancestrales de la gran civilización inca.

—Y para ti, Carmín, ¿qué representa estar aquí?

—Bueno, Miel, un reto a lograr.

—¿Cuál?

—Cuando concluya nuestra ascensión, cuando entre en contacto con mi alma, con el alma que aquí mora y cuando descendamos a continuación, meditaré sobre lo que significó.

Entonces la luciérnaga habló:

—Me ha gustado tu manera de responder, e igual yo, viviré cada momento y luego sabré lo que me dejó.

«¡Mira esa vista!». «¡Ya notaron la increíble altura sobre la que estamos!». «¡Nunca había visto algo así!». Estas son algunas frases que recogí cuando llegamos al cenit. Miel se sentó al lado de una peña y empezó sus ejercicios de meditación, mientras Martín saltaba con la energía de un joven montañés. La pareja de sabios campesinos que nos acompañaba hizo un ritual hacia los cuatro puntos cardinales. Mi amiga alada se fue a visitar cada ruina que había, aunque pronto llegó algo mareada por la altura en la que sobrevoló. Y yo quise retratar en mil palabras dibujadas sobre un lienzo lo que vivo en este momento de mi recorrido.

«S. F. Sobre la cima de Machu Picchu.

Querido diario:

No sé si vuelo, floto o camino, pero en definitiva sé que este es un viaje al pasado... a mis hondos vestigios. Nos recibieron con las notas de la canción "El cóndor pasa", al pie de este grandioso monumento, el que interpretado con sus flautas mágicas e instrumentos autóctonos hizo sentir a ese rapaz rasgar el firmamento donde respiramos a mayor profundidad... Sus increíbles alturas me sitúan en una pregunta existencial y natural: "¿Cómo pudieron desafiar estas elevaciones abismales quienes edificaron tan bellos templos, cuyas ruinas, hoy, nos recuerdan? ¿Qué usaron para volar si es cierto que no tenían alas? ¿De qué manera lo lograron si eran de la raza humana? ¿Qué instrumentos utilizaron si la tecnología de aquella época era tan arcaica? ¿Será que fueron asistidos por sus dioses y su fe? ¿Es esta grandiosa obra fruto de algo más, con lo que nos dejaron este legado universal?".

¿Habrá algún mago que les ayudó a no declinar y a lograr esto tan monumental? ¿Será que bajó Merlín o aquel grandioso ser con el que sobrevolé y conversé en el monte Everest? Quizás algún amigo de ellos me pudiese narrar algo más... pensándolo bien, meditaré como Miel.

Empiezo a contar regresivamente… respiro poco a poco más lentamente y a mayor profundidad. Gradualmente me fusiono con este bello templo, viajo en la máquina del tiempo y comienzo a sentir los indicios de este «ombligo del mundo». La tierra palpita y un héroe me sale a saludar.

—Soy el fundador de Cusco… ¿Quién eres tú?

—Soy Carmín y he andado por el mundo en busca de la felicidad; desearía quedarme algunos días entre ustedes, pues siento que en este lugar se respira paz.

—Bienvenida, Carmín, esta es tu casa, te haremos una grata estancia.

—¿Cómo te llamas?

—Manco Capac.

—¿Cómo empezaste esta grandiosa ciudad?

—Todo empezó como un sueño y nos fuimos fusionando para hacerlo entre todos. Con profundo amor enhebramos una por una la concreción de este lugar sagrado al que nos has venido a visitar. Mientras unos acarreaban piedras muy toscas, otros jalaban de un barro pegajoso, el que con su gran esfuerzo ayudaría a reafirmar las estructuras por las que has bajado a visitarnos… Anduve entre tantos pobladores incas y me encontré con uno que usaba un enorme tocado, a quien luego interrogué: «¿Quién eres?». «Soy un sacerdote», y entonces quise saber quién era su Dios y me respondió: «Viracocha es el Dios de la vida, del sol, de la luna, y a él se le subordinan otros». Caminé entre extensas terrazas sembradas de grandes cosechas, había una gran producción de papas y me ofrecieron un alimento a base de maíz, el que disfruté al lado de esos maravillosos seres. Me encontré con un tallador de piedra, quien adornaba con oro y pedrería preciosa la linda escultura inca que elaboraba con su artístico tacto. Hablamos largo de cómo se había iniciado en su maravilloso arte y me enseñó sus fantásticas habilidades. Me invitó a visitar algunos tallados en piedra, los que en forma lítica perpetúan a la divinidad. Vi a otros cargar con la paja y la lana, me encontré a los de la comunidad, quienes ayudaban a levantar la casa a una pareja de recién casados; al ver esa unión y solidaridad, me acerqué a ayudar yo también. Pude sentir la humedad de la mezcla arcillosa con la que edificábamos la pared que besaba el norte, donde nos encontrábamos y, luego de una larga faena y de sudar durante unos minutos, me ofrecieron de un brebaje refrescante que calmó mi sed. Me despedí de ellos, dándoles las gracias por su maravillosa hospitalidad y, cuando salía de ese grandioso recorrido de mi laberinto, me encontré con un ser que estaba grabando algo sobre un material desconocido para mí. Nos saludamos ambos y me interesé por lo que hacía. Él había recibido la revelación de que el imperio inca iba a colapsar y con una serie de símbolos expresaba los presagios de una derrota indígena, donde sus ciudades y descendientes tendrían epidemias de viruela e invasiones que los liquidarían…

—No puede ser que esto tan bello muera —le expresé y él dijo:

—Que los dioses nos ayuden y que comprendas que no existe la muerte, sino solo un cambio de lugar —contestó, y de nuevo llegué hacia la cúspide, donde Martín me dijo:

—Despierta, Carmín —y al abrir mis ojos, le respondí—: Es cuando más despierta he estado, no he dormido, he hablado con ellos.

—¿Con quiénes?

—Con el gran imperio inca.

—Yo también lo hice —me respondió y reímos los dos.

La niebla cada vez era más espesa y debíamos bajar. A cada paso que daba, me dolía en el alma pensar en los sufrimientos que vivieron donde ahora camino al lado de mis buenos amigos. Sus niños murieron sin piedad… aunque recuerdo que él dijo que no existe la muerte, y es precisamente ante esa afirmación cuando me interrogo: «¿Adónde estarán ellos…?». Me olvidé de preguntarle si había visto a mamá y a papá. Al cabo de unos instantes de ir monologando conmigo misma…

—¿Qué piensas? —pronunció Miel y con su cuerpo calientito me abrazó.

—«Que soy muy feliz», dije sin pensar lo que iba a responder, cuando cayó sobre mí un pétalo rojo, el que observé detenerse sobre la grada de piedra donde suavemente aterrizó… **Y al cabo de unos segundos, sin haberlo llevado hacia mis manos, seguí hacia adelante y allá lo dejé… esta vez.**

Al bajar, descendimos a pie por el camino fantásticamente trazado por la civilización inca. El bosque nos ofrecía parajes extraordinarios, donde alcanzamos a ver riachuelos que se desplazan bañando las planicies de las inmensas montañas. Había un quetzal de cola larga; cuando lo vi, lo asocié con «Aquel», pero esta vez detuve a las voces que intentaban distraerme de gozar este momento presente que tenía entre mis manos… Corrimos y a veces nos detuvimos en ciertos lugares donde el espectáculo visual era fantástico; tan espectacular lo era, que tuvimos la suerte de ver a varios metros de distancia adentrado en el bosque y, desde el filo del camino, a un oso alpino. Era negro azabache y al verlo me recordé de inmediato de mi amigo el osito polar; también vino a mi memoria el zompopo volador y lo que me había propuesto realizar al encontrar a Miel, a quien al bajar le comentaría todo… completamente todo. Llegamos a una cabañita que bordea un riachuelo, el que con el sonido de una pequeña cascada opaca con su ruido el canto de las aves que habitan en la periferia. Al acercarnos a su fresco caudal, escuché una alegre canción que entonaba un grupo de ranas y, mientras todo esto acontecía, disfruté de la floración silvestre que a sus bordes se desprende deleitándome inmensamente, cuando de pronto vi a esa criatura diminuta, la que le quita ágilmente el néctar a ese mundo circulante de pétalos de color, en medio del cual me encuentro hoy. Dije en voz alta:

—¡No puede ser que seas tú otra vez! —volví a gritar, después de tanto tiempo de no hacerlo—: ¡Ladrón!

Y Miel se acercó hacia mí y con todo su primor me susurró:

—Carmín, déjalo ir... no es él quien te ha de hacer feliz.

Entonces abracé a mi amiga del alma y entramos a saborear un mate y un pan, que no es el de mamá, pero que sabe realmente sabroso a mi parecer.

Narramos cada uno del grupo lo que sentimos al subir hacia Machu Picchu. Martín, a la vanguardia, comentó:

—Me enamoré de una princesa indígena. Sus hermosos ojos almendrados brillaban como luceros y sus labios pálidos hablaban una bella lengua. Usaba unos pendientes delicados y me tomó de la mano para jugar con unos artefactos que hacían una melodía de sonidos, al lado de la que ella entonó, con la más bella voz, un cántico sagrado. Fue maravilloso sentir su paz y su enorme sensibilidad.

Mi amiga la luciérnaga fue la segunda que habló:

—Yo aprendí a autorregular mi oxígeno volando en las alturas y vi cómo un miembro de nuestro grupo, sin ninguna atadura, dobló aquello que le apretaba y lo guardó en su bolsón.

—¿Qué es? —yo cuestioné y ella mencionó:

—Tu delantal, Carmín.

—Es cierto… lo hice sin pensar y ahora que tú lo dices, me siento menos atada, hasta puedo danzar…

Fue cuando el simpático de Martín me tomó de su mano y me invitó a bailar, luego de hacerlo al son del canto del bosque humedecido por ese fresco río, felices lo hicimos, hasta que nos detuvimos. Los aplausos y el júbilo paralizaron un momento el curso de las aguas, los vientos se fusionaron con mis amigos para aplaudirnos, mientras una mariposa con sus alas revoloteó la alegría que ambos sentíamos en esa travesía tan particular de nuestro laberinto. Al cabo de un rato, Miel le cedió la palabra a sus buenos amigos. Uno dijo:

—He vuelto a sentir el palpitar de mi hogar.

Y ella comentó:

—Me he recargado de una energía que había olvidado y que me hará realizar lo que me proponga hacer.

Luego hablé yo:

—He aprendido a quitarme por un rato mi corto delantal y a guardarlo en un lugar donde no se perderá. También allá dejé el pétalo que repentinamente cayó sobre nosotros y realmente me costó hacerlo, tuve que lidiar con algunas voces que me incitaron a guardarlo dentro de mi bolsa, como lo había hecho. También he comprendido que quienes se van no mueren… y eso me ayudará mucho para entender que puedo ser feliz. He admirado cómo, pese a los grandes abismos, ellos lo lograron y he disfrutado a cada paso mi momento presente; además, con la ayuda de Miel, he dejado atrás aquel colibrí.

—Ahora me toca a mí —dijo el alpinista—. Yo he vivido una transformación en mi ser, he disfrutado de la sencillez…

Y al final, Miel habló y con una expresión de alegría dijo:

—Todos hemos tenido obstáculos, pero saber lo que ellos lograron, pese a las circunstancias, me impulsa a construir un enorme monumento interno, lleno de logros y de felicidad.

«Genial». Lo es.

«Admirable». Definitivamente.

«Majestuoso». Así es. Y, sobre todo, un gran ejemplo para la Humanidad.

«Estoy de acuerdo».

«S. F. Es de noche y estoy en Cusco.

Amigo diario:

Todos se han dormido y yo estoy feliz hablando contigo.

Mi felicidad no depende de una

Ni de colgar al

Pero no puedo ser completamente feliz, sin perdonar absolutamente a aquel, así que lo iré a buscar para conversar y liberar lo que todavía me produce pensar en ese minúsculo pero potente y ágil colibrí. Y lo último que debo de comentarte antes de dormir, porque me muero del sueño, es que dejaré para mañana hablar con mis amigos...».

Cuando me dormí, mi pluma se cayó y...

—No sé si estoy dormida o es que despierta pienso que estoy dormida, pero lo cierto es que tengo la alegría de volver a encontrarte nuevamente… Agradezco aquella frase tan sabia que me mencionaste cuando dialogábamos mientras flotábamos sobre el místico monte Everest: La felicidad es algo tan profundo y, a la vez, es tan sencilla de encontrar. Únicamente me bastó con perdonar para volver a rescatarla y, aunque es tan fácil hacerlo, requiere de algo que a veces olvidamos y es de humildad.

—Por eso estoy aquí, Carmín, porque tus nobles actitudes me han acercado hacia ti. Desear salvar al mundo de ese hechizo que ha aislado la felicidad de él es un reto muy valiente. Yo he venido para entregarte estas llaves, las que tienen un gran poder. Son cinco las que te doy, úsalas cuando la fuerza del mal parezca reducir la misión que has venido a cumplir. Ahora me retiro, solo recuerda que debes de luchar por derretir el frío que el monstruo ha sembrado en la humanidad con las virtudes que has aprendido a solidificar.

Amaneció un nuevo día y, al levantarme de la cama en que dormía, el sonido de algo de metal capturó totalmente mi atención. Busqué de donde provenía el ruido y vi que debajo de la colchoneta había un juego de llaves, las que prendidas en un candado dorado recogí y, al tenerlas entre mis manos, reafirmé que no soñé. Mientras mis amigos preparaban un suculento desayuno y la luciérnaga dormía a plenitud, llamé a Miel y le narré lo que me había propuesto hacer. Además, le conté de mi sueño y a escondidas le mostré el llavero que el mago me obsequió cuando lo visité en su edén. Fue cuando ella me dijo que iría conmigo, porque el propósito de mi viaje le tocaba el corazón y eso era precisamente lo que necesitábamos para lograr nuestra misión. Así que con ella ya éramos cinco, y recuerdo que Dorjee mencionó que deberíamos ser siete para descender al interior de aquel frío túnel y lograr la misión. Me despedí de los amigos de Miel, quienes dejaron en mi vida grandes aprendizajes y, antes partir, me hicieron un ritual de la felicidad, el que con sumo respeto recibí. La luciérnaga sonrió y emprendimos los tres, dejando a Martín y al alpinista, quienes con entusiasmo planeaban recorrer las vertientes del río Urubamba.

Entré al vapor y le pregunté al marinero si podríamos llevar a Miel en nuestro recorrido, con amabilidad me respondió:

—¡Claro que sí!

—Ya ves que es buena gente —me dijo mi amiga alada.

—No he dicho que no lo sea —contesté.

—¿Qué dices? —me preguntó él.

—Que… ¡muchas gracias por permitirle a Miel entrar en tus dominios!

—¿Y adónde deseas ir esta vez? —dijo él.

—Bueno, si puedes llevarnos de nuevo hacia Tíbet, te lo agradeceré.

—Nos dirigimos hacia el monte Everest —inmediatamente anunció y el barco esta vez no navegó, sino que voló.

—No sabía que podías volar —pronuncié.

—Ni yo imaginé que tú traerías a ese caballito dorado alado a tu lado, quien con sus polvos mágicos nos ha hecho lograrlo —me respondió.

Al verlo, me alegré. Entonces, subimos a la proa del barco encantado los cinco: mi consciencia, Miel, la luciérnaga, él y yo.

—El tiempo nos muestra todo el viento a nuestro favor —afirmó, cuando de pronto vi que volaba a nuestro lado Aquel... Al notarlo, le dije:

—Ven, acércate, que no te haré daño. No te vayas, por favor —e indiferente a mis palabras siguió su vuelo veloz, aunque, ahora que lo recuerdo, no llevaba en su pico mi flor.

—Ya vendrá —me dijo Miel, y yo le contesté:

—¿Lo crees?

Las nubes soplaban una brisa agradable, mientras los cinco nos deleitábamos con este universo infinito.

—Me llamo Alejandro —se presentó el marinero.

—Igual que mi amigo —mencioné.

—Yo soy Miel —agregó mi amiga llama, mientras el caballito de alas doradas exclamó:

—¡Yo soy la consciencia de Carmín! —mientras él le dijo a mi amiga alada:

—A ti ya te conozco, pero nadie te ha bautizado con un nombre aún.

Entonces ella le respondió:

—Pónmelo tú.

Fue cuando Alejandro le dijo:

—Te llamaré Luz —y muy alegre con su calificativo nos iluminó aún más.

—¡Me llamo Luz! —exclamó.

Así que, de ahora en adelante, usaré su nuevo distintivo cuando nos refiramos a nuestra maravillosa amiga la luciérnaga.

Teníamos un objetivo medular, conformar al grupo de siete, quienes defenderían las nobles expresiones de las emociones de felicidad, las que ante el exceso de rigidez se han difuminado poco a poco. Fue cuando entonces empezamos a estudiar las cualidades que debía poseer en su totalidad nuestro grupo. Miel expresó:

—Lo más importante es esa seguridad de que vamos a vencer lo que combatimos y en vista de que amo la espontaneidad y la energía de la alegría, las defenderé a toda costa.

—Estamos de acuerdo —mencionamos todos.

El caballito dorado habló y dijo:

—Tengo la certeza de que con mis polvos dorados lograré abrir un espacio en el corazón de aquellos a quienes les rocíe sensibilidad.

—No me cabe la menor duda —expresé; sin embargo, antes de ello, debemos derretir un poco ese hielo que lleva el monstruo consigo desde hace tantos años, porque si no lo logramos, será imposible que tu magia toque alguna fibra de sus emociones. Lo he visto y es un ser congelado, se apodera de los proyectos de sensibilidad y te puede crear un espejismo en el que fácilmente caigas y, si lo haces, no lograrás escapar. Recordemos que en su mundo no hay piedad...

Luego habló Luz, quien comentó:

—Tengo la firme convicción de que unidos lo lograremos.

Faltaba solo yo y, después de oírlos, me surgió decir:

—No quiero matar al monstruo, lo que deseo es ayudarle a transformar ese frío con el que las experiencias de su vida lo han vestido.

Fue cuando Alejandro mencionó que nos podía acompañar y entonces le narré que la mamá del osito polar iría con nosotros, al igual que Dorjee, y que me sentiría mal de no invitar a alguno de mis otros amigos, quienes como Carbón, el zompopo volador y el nevado pequeñín, iban a tener que decidir entre los tres, quien nos podía ayudar. Sin embargo, le agradecí y le dije que lo tomaría en cuenta si ellos no se identificaban con la misión.

Alejandro sacó de su mochila con mucho cuidado un soldadito de plomo, el que cuando Luz lo vio mencionó:

—Carmín, es igual al que subías en el barco que navegaba sobre el agua de la fuente con la que solías conversar…

—¡Qué lindo es! —exclamé, e inmediatamente lo tomé en mis manos y, sin pensarlo una vez repetí—: Nos acompañará también —y noté que mi compañero del navío sonrió.

El barco volaba a toda velocidad, mientras nos fuimos adentrando en unos cielos cada vez más azules, cuando Luz expresó:

—Sacaré mi gorro de lana y me meteré en la bolsa de tu delantal…

—Mi delantal… ahora que lo recuerdo… lo guardé en la mochila, pero ven, te colocaré dentro de esta bufanda que me pondré.

Y Miel dijo:

—Ya estamos muy cerca… —y efectivamente, así lo era.

Aterrizamos sobre Sagarmatha.
¿Qué has dicho?
Así le llama mi amigo Dorjee.

La nave atracó a la altura del campamento 4 del grandioso monte Everest, así que había que acampar, descansar y descender cuando amaneciera, para arribar lo más pronto posible en el campamento 3, donde se sitúa esa caverna inmensamente retadora. Mi objetivo era buscar a la señora osa y a Dorjee, para luego ir con mi lazo mágico a traer a mis otros tres grandes amigos. «¿Qué será de ellos? ¿Por dónde andarán? Quizás sería mejor aceptar la propuesta de Alejandro y luego salir a buscarlos. Lo pensaré más detenidamente y, por la noche, tomaré mi decisión».

Amanece y mi corazón palpita alegremente porque me sitúa a pocos días de iniciar la travesía hacia las profundidades. Al salir del campamento, notamos que la visibilidad era casi nula y que el viento que soplaba esta vez era tan blanco que no podíamos vernos a escasos metros de distancia. Nos hace mucha falta Dorjee, quien con su gran sabiduría nos hubiese señalado qué hacer ante esta circunstancia tan inesperada; sin embargo y dado el momento, debíamos de tomar la decisión en milisegundos, pues de quedarnos en el campamento ante estas condiciones atmosféricas nos podríamos arrepentir, así que decidimos deslizarnos poco a poco sobre un tramo preparado con cuerdas fijas, lo que nos permitió conforme descendíamos obtener un mayor balance.

—¿Han visto a Luz?

—Aquí estoy, delante de ti, Carmín.

—Ya pronto estaremos en el tercer campamento, hagamos resistencia y dentro de poco tiempo todo será mejor… soportemos unos minutos más, ya estamos por llegar.

Cuando al cabo de unos minutos:

—¡Ya no puedo! —se escuchó a la vocecita de mi consciencia hablar, mientras una ráfaga de viento me lanzó y la nieve me llevó a varios metros de distancia de donde nos encontrábamos… Seguía deslizándome como en un enorme tobogán, solo que esta vez ni veía por la espesa niebla ni sabía dónde iría a parar.

Gradualmente, el impulso de tan elevada empinada parecía frenar mi velocidad, cuando pude abrir los ojos y me di cuenta de que había entrado a una gruta donde lo único que había era hielo por doquier, y cuando paré de deslizarme, Luz me dijo:

—Ten cuidado, no me vayas a aplastar.

Fue cuando me fijé que ella estaba enrollada entre las puntas de mi larga bufanda y Miel, quien cayó atrás de nosotras, nos preguntó:

—¿Dónde estamos? —y todas nos interrogamos… pero nadie logró saber.

El único sonido que había era el de las gotas que suave y lentamente se resbalaban dentro de un reloj idéntico a los de arena, con la única diferencia de que, en lugar de ella, estaba lleno de agua y su nivel se aproximaba a los tres cuartos del líquido

que lo llenaba. Era inmensamente grande, estaba cubierto por un fino cristal y al centro tenía una rosa de cuarzo. Lo habían situado al centro de un espejo redondo, el que parecía detectar cualquier peso por sutil que este fuera, por lo que decidimos no acercarnos demasiado, había que tener sumo cuidado... Mientras Miel y yo explorábamos con cautela el recinto donde habíamos ido a parar, sucedió que cuando Luz sobrevolando se le aproximó al antiguo y misterioso reloj, este se movió como despertándose después de una larga siesta...

—Buenas tardes —replicó y dejó ver que era el mes de julio y que eran las 3:00 de la tarde.

—¡Hola...! ¿Quién eres? —dijo Luz.

—Me despertaste —contestó él—. Soy el tiempo que va marcando la intensidad de la felicidad y alguien me hipnotizó... Ahora que lo recuerdo, solo un ser mágico alado me podía reactivar y sacar de este adormecimiento total.

—¿De cuál?

—Es que un monstruo de hielo que gobierna en este túnel me congeló; él quiere que la Tierra sea el planeta de la indiferencia, de la insensibilidad, de la maldad y, cuando hizo el terrible conjuro hacia mí, olvidó nombrar a tu género entre los seres alados, y por eso cuando tu lamparita me tocó, me sacó de tal estado hipnótico.

—Pero ¿por qué estás aquí?

—Bueno, porque soy el despertador del principado, el que acompañaba al príncipe feliz a una expedición, donde íbamos a salvar de las garras del hielo a sus amigos, quienes cayeron en un espejismo del que no volvieron a salir.

Entonces yo le pregunté:

—¿Dónde está él?

—Te llevaré, pero debemos tener mucho cuidado de no caer en el mundo de las apariencias que en esta ensenada nos van a proyectar.

—Está bien —dijimos las tres.

—Una pregunta, señor tiempo: ¿Y al príncipe también lo congeló?

—Imposible de hacerlo, porque él encierra una felicidad que nadie podrá helar.

—Entonces… ¿por qué lo iremos a rescatar?

—Debido a que lo ha colocado entre unas rejas de donde no podrá salir, hasta que un encanto mágico de amor lo libere de esa vibración que el monstruo de hielo puso sobre los barrotes que lo tienen en prisión.

—¿Y cómo lo haremos?

—Tendrá que emanar del corazón.

Anduvimos largo rato entre estatuas o, más bien, entre seres congelados. Cuando, de pronto, llegamos a un bosque de coníferas completamente templado. Vimos en sus rostros miedo, el que quedó plasmado al no poderse defender del abominable hielo; fue allí cuando Luz usó sus poderes y les acercó su lamparita a sus corazones, diciéndoles una palabra un tanto extraña: «Arbadacarba». Al escuchar el trabalenguas que usaba, le dije:

—Es al revés.

—¡No! —me contestó y prosiguió—, porque esta vez, el miedo los congeló y, para derretirlo, es al revés que debo de decirlo.

Noté que uno por uno de los elevadísimos pinos se fueron despertando del hechizo y que poco a poco se fueron uniendo a nuestra marcha. Llegamos a un lugar donde una corona

enorme de hielo, a manera de cárcel, guardaba al príncipe heredero. Inmediatamente lo vi, lo reconocí a distancia por la foto que aquella niña me mostró. Estaba entonando una canción, que hacía vibrar el corazón.

«Una, dos, tres, cuando llegue la primavera bailaré al revés.
Cuatro y cinco, cuando regrese el verano daré un brinco.
Seis y siete, me escaparé este día dentro de un cohete.
Ocho y nueve, visitaré imaginariamente al duende...».

Cuando el bosque que nos acompañaba, lo escuchó, bailó; y cuando él se percató, expresó:

—¡Qué bien danzan!

—¡Muchas gracias! —respondieron orgullosos.

Su cara era alegre y dulce a la vez; su voz, congruente con su elevada vibración. Uno a uno por entre las rejas lo fue saludando y, cuando cada uno de nosotros apretaba su mano guardada en un guante blanco, se transformaba en un ser aún más alegre, pese al hielo del entorno. Cuando todos y cada uno del grupo le habíamos estrechado con nuestras alas, ramas y manos, su guante mágico, el que nos impregnó de una sensación tan especial, observé que vio a su servidor el reloj y, cuando lo hizo, pronunció sin sobresalto alguno:

—Faltan escasos minutos para que el monstruo haga su ruteo y, si los descubre, congelará tu lamparita mágica que el hada de la naturaleza te ha dado, la que ha roto este hechizo que han vivido largos años y, para que entre de nuevo alguien con tus características, pasarán cientos de años...

Ante la prisa y con el inmenso deseo de triunfar ante la adversidad, traté de quebrar las rejas, cuando recordé que únicamente se podrían deshacer con una vibración elevada y pura; fue cuando sin pensar tomé rápidamente el puño de llaves que el mago me dio e inmediatamente, cuando las tuve en la palma de mi mano derecha, escuché que una de ellas me habló:

—¿Qué puedo hacer por ti, Carmín?

—Ayúdanos a desaparecer ante los ojos del monstruo, que cuando él ingrese a este recorrido no sienta nuestra presencia… —y no había acabado de decirlo cuando precisamente el rey de esos dominios apareció y, aunque vimos muy de cerca una sombra oscura que a su paso iba dejando, no nos vio… ni nos sintió, y al cabo de unos minutos se alejó y se perdió en otro recorrido del abismal túnel.

—¡Gracias! —dijimos todos.

Y la linda llave plateada ya no contestó. Pero el príncipe la tomó entre sus blancas manos, le dio una palmada cariñosa y, le pidió que siempre fuera su compañía, y entonces con voz fina respondió:

—Será un honor —y él se la colocó en su cinturón al lado de una que portaba en forma de corazón.

Anduvimos con sumo cuidado y más adelante me encontré con el monje tibetano congelado, quien sonreía y para nada parecía tener una expresión de miedo. Entonces Luz mencionó:

—En él no existe el temor, no podré hacer nada para deshelar lo que ese sentimiento que combato no le provocó.

Fue cuando saqué la otra llave y, al frotarla suavemente, me consultó:

—¿Te puedo ayudar en algo?

—Por favor, llave color escarlata, ¿podrías volver a su estado natural a ese ser?

En segundos y luego de que unos polvitos dorados lo rodearan, apareció el monje jovialmente saludándonos. Primero lo hizo hacia la llave, quien le ayudó. Luego agradeció a la consciencia dorada, quien nos visitó y se situó como un prendedor al lado de su pecho.

—¿Que no es ese tu caballito dorado, Carmín? —expresó mi amiga alada, cuando Miel la escuchó y respondió:

—La consciencia es de todos y se manifiesta al lado de quienes, como él, viven sus vidas sin desprenderse de ella, así que si la tenemos siempre presente, la poseeremos, como un prendedor a nuestro lado.

Fue cuando el monje preguntó:

—¿La quieres? —y yo le contesté:

—Muchas gracias, señor monje, pero algo en mi interior me dice que muy pronto la tendré puesta al lado de mi corazón, como usted, sobre mi vestido azul.

Y luego de que nos sonreímos los dos, uno a uno nos fue saludando con sus manos unidas, haciendo un gesto muy sutil.

Mientras seguimos nuestro andar por ese recorrido congelado, noté que mis zapatillas de amarrar solían deshelar lo que a mi paso iba dejando…

—Mira, Luz —le dije a mi inseparable luciérnaga.

—Es obra tuya, Carmín —me respondió.

A continuación, tuve la sensación de que Bují estaba tan cerca de mí, aunque no lo vi. Con firme convicción lo llamé con mis dos dedos, como lo hacía ayer, y simulé aquellas dos antenas que hacía cuando me subía al tejado de la alacena y fue allí cuando desde mis adentros, mi voz se pronunció:

—Ven, Bují, acércate a mí. Te quiero tanto, amigo intergaláctico. Te he extrañado inmensamente…

Mientras esto sucedía, noté que con sumo primor mis amigos de este recorrido habían hecho un círculo a mi alrededor. Los pinabetos se tomaron de las manos con el monje tibetano, con el príncipe y con cada ser de luz que iluminaba este recorrido de mi vida, cuando cerré mis ojos y recibí su maravillosa visita. Bajó a abrazarme y a jugar de andar con su cabeza en lugar de usar sus pies, como lo hacía yo, cuando subía al lado de él a visitar sus hogares de cristal. Flotamos los dos con una vibración de hondo amor, jugamos por un rato y él dijo:

—¿Quieres venir?

Le contesté:

—Ahora tengo que cumplir una misión.

—¿Qué vas a hacer, Carmín?

—Deshelar los bellos sentimientos de felicidad que se han petrificado con un conjuro de hielo que ha cubierto la espontaneidad de la Humanidad?

—Entonces, volveré más adelante para venir a traerte y llevarte a escuchar las narraciones de la Osa Mayor, quien me comentó que tiene algo muy importante que leerte.

—¿Cómo sabrás cuando haya cumplido mis objetivos Bují?

—Entraré cada mañana y cada noche al laboratorio donde aquel tubo de cuarzo de sabia inteligencia y de grandes ojos me ayudará a ver si ya los has cumplido y, al verte, sabré que puedo bajar por ti, para que vayamos a recorrer nuevos caminos, pero antes debes recibir la nota que ella debe leerte.

—Ya sé, Bují, una señal de ello será cuando al lado de mi corazón tenga un prendedor de aquel caballito dorado y alado que entraba a mi cuarto, el que solía iluminarme un rato cuando había escondido bajo mi cama a mis muñecas.

—Estaré pendiente de esa seña, Carmín…

—Aún no te vayas, por favor. Otra señal será cuando ponga mis dos dedos sobre mi frente y me quede esperando que llegues a traerme.

—Lo distinguiré muy bien.

—No dejes de hacerlo, Bují.

Cuando dije esto, una lágrima brotó espontáneamente y se desprendió de mí, e inmediatamente Bují se acercó a mí, me la secó con sumo primor y me preguntó:

—¿A qué se debe esa sensación?

—A que soy inmensamente feliz, Bují.

—Al igual que yo, Carmín —dijo él y en un parpadeo de mis ojos, desapareció.

Una suave brisa me hizo ver que empezó a llover, pero esta vez era una llovizna delicada de pétalos de rosas rojas, las que con su fino aroma perfumaron el camino de este laberinto tan mágico por entre el cual me desplazaba ahora. El monje tibetano expresó:

—Hay un sentimiento tan elevado en este momento, que nos conducirá a transformar lo que encontraremos de densidad en nuestro andar.

Y al momento de enunciar lo anterior, llegó una mariposa azul, la que se posó sobre mis rizos y, al notarlo, Luz me dijo al oído:

—Tu pelo está más dorado que nunca, Carmín.

Y es que, efectivamente, mi paz interior era mi guía por este maravilloso recorrido de mi laberinto. En el camino, el monje habló y nos dijo que cuando vio sufriendo a tanta gente, se adentró en el espejo para ayudarles y se paralizó; fue cuando comprendió que cayó en la trampa que lo paralizó. Mientras Miel hablaba con el príncipe feliz y planeaban una linda celebración, un hada que bajó les recordó:

—Estamos en el momento presente, que es lo único que existe.

—Pero, señora hada, si recuerdo mi infancia no puedo hacerlo sin recurrir al pasado —le dije.

—Si lo traes del pasado, ya es presente —me contestó y desapareció, dejándome una gran lección.

Fue cuando les pedí unos segundos, saqué mi diario y, al abrirlo, noté que se había convertido en el libro celeste e invisible a los demás; entonces, con letra dorada, anoté.

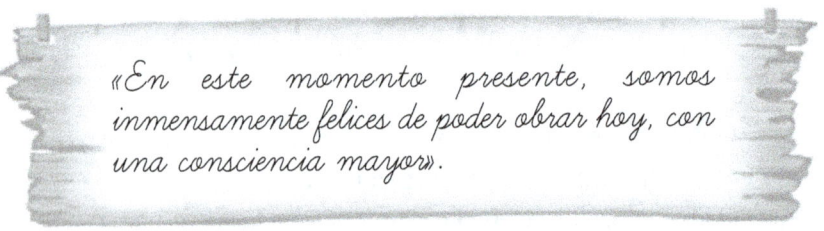

«En este momento presente, somos inmensamente felices de poder obrar hoy, con una consciencia mayor».

—¿Qué hace Carmín? —le cuestionó el señor reloj a Luz y ella le narró:

—Escribe en su diario una honda reflexión.

—Pero no veo ningún libro, no tiene bolígrafo con ella y, aunque me acerque más aún, no observo ni una hoja de papel.

—Déjalo así —le contestó Luz.

Y él dijo:

—Bueno, es mejor así, no vaya a ser que me enrede en un laberinto que no vale la pena ir a visitar.

Rieron ambos y, al guardar dentro de mi mochila el libro invisible a los demás, me uní al eco de esas risas tan espontáneamente

exquisitas… Íbamos entre un recoveco grueso y repleto de hielo, cuando Miel se me aproximó más y a distancia, notamos que habían aves muy bellas cubiertas por promontorios de hielo, por lo que, retrocedimos hacia un recorrido donde habíamos pasado desapercibido al mundo congelado de las aves. Allí estaba el avestruz, la cotorra africana, los siete polluelos y…

—¡No puede ser! —allí estaba Aquel… a quien tenía tanto tiempo de perseguir—. ¡Lo congelaron y ya no tiene mi flor dentro de su pico! —exclamé.

Entonces el monje me preguntó:

—¿Lo conoces?

—¿Que si lo conozco? Lo he andado siguiendo por el mundo, lo he querido colgar de las dos patas, se ha burlado de mí, me ha hecho sufrir… Me ha robado la felicidad durante tantos años y, por andar siguiéndolo, dejé a Capitán, a Dan, a mis juguetes, quienes ya no me quieren… a mi amigo de infancia, con quien disfrutábamos de las galletas de la miel del colmenar de la granja y con quien jugaba en la fuente de mi casa de rescatar al soldadito de plomo, que ando en mi mochila. Es por este colibrí cuajado a una temperatura insensible que he andado largos años a ciegas… —le dije con un sentimiento que oscureció la caverna a plenitud, aunque los ojos del monje y su prendedor alumbraban intensamente ese paraje, al igual que la lamparita de Luz, que brillaba a mayor intensidad.

Y el monje me contestó:

—La vida te da la oportunidad de hacer lo que tú quieras con el colibrí; tienes las llaves en tus manos, decide y no nos preguntes a ninguno de nosotros, lo que has de hacer con él. Es una decisión tan personal.

—Estamos de acuerdo, Carmín —contestaron todos, aunque el príncipe de la felicidad me dijo:

—Es imposible que alguien te quite la felicidad.

—Pues así como lo oyes, ese cara de ingenuo me la robó y la ha tenido en su pico durante tantos años…

A todo esto, el llavero inesperadamente cayó desde mi mochila y cuando mi amiga lo vio, me susurró:

—Esa es una señal, Carmín. ¿Te acuerdas de las palabras de aquel sabio?

—Sí —le dije yo.

Fue cuando me visitaron algunas voces:

—Déjalo congelado de por vida. No lo perdones sin que él te diga mil veces me arrepiento, Carmín —y, conforme las oía, mi ego crecía más y más y se alimentaba de una fuerza de venganza en mi ser…

Algo me decía que con esos sentimientos atraería el mal y así fue, los pasos del monstruo se aproximaron más. Ante lo que se avecinaba, el monje expresó:

—Si tu corazón se llena de sentimientos de odio, fortalecerás el mal, y si lo inundas de amor, se debilitará y nada te ha de hacer.

—¿Qué esperas? —dijo Miel.

Friccioné sutilmente la llave y le pedí con todo mi corazón que deshelara al colibrí y, cuando sacudió sus alas, el mundo circundante se empezó a deshelar, parecía que el hada de la primavera tintaba de color a la humanidad. Se descongelaron familias enteras y se empezaron a abrazar, mi amiguita alada de la cajita de cuerda llegó volando y se posó sobre la palma de mi mano, diciéndome:

—Me he acordado de mi nombre y me llamo como tú —entonces comprendí que cuando me embargó la tristeza, dejé volar

una parte vital de mí y poco a poco ese sentimiento envolvente me hizo pegarle un puntapié a la niña alegre que siempre fui.

Se aproximó el avestruz y, cuando todo esto sucedía, llegó aquel monstruo de hielo y, al abrir la puerta para helarnos... parecía tan indefenso, tanto, que al ver que cayó de mi mochila el soldadito de plomo y empezó a marchar, lo tomó entre sus manos y se puso a jugar con él, mientras se diluía más y más, hasta que se fusionó con la naturaleza de un río claro que bordea esta estancia, donde el soldadito flotó y posiblemente se fue a navegar por esas aguas diáfanas para encontrarse con su linda bailarina de ballet.

—Parece un lindo cuento que escuché —dijo Miel.

—La vida es como un cuento —mencionó mi amigo de túnica naranja...

A los pocos minutos llegó andando hacia mí un pequeño montículo de nieve, el que al descongelarse poco a poco, fue revelando sus patas de piel blanca afelpada, sus grandiosos ojos aparecieron como por arte de magia y cuando abrió su boca exclamó:

—¡Gracias, Carmín, estaba congelado!

Fue una maravillosa sorpresa encontrar a aquel ser con quien superamos juntos un pensamiento que nos limitaba tanto y con quien logramos nadar por primera vez, en aquel remolino que la fuerza del monstruo del pasado nos lanzó.

—¡El osito polar!

Felices, nos abrazamos y tal fue mi alegría, que posteriormente me recosté sobre un muro de claveles que empezó a brotar y a crecer y mientras dormía, me visitó Merlín. Su barba era larga, sus ojos serenos y tenía una dulce mirada... Nos fuimos los dos hacia un palacio que vuela. Su suelo eran nubes cargadas de una sustancia que envuelve de paz. Vestido de una vibración mayor, me invitó a volar y entramos de nuevo a su bellísimo jardín. Traía una estrella en su mano y, ahora que voy despertando, encuentro su trazo grabado en la palma de mi mano… Y no estoy soñando…

—Has dormido largo rato, Carmín —dijo el colibrí.

—No dormía… solamente volaba con un mago en su inmenso vergel.

—He venido a darte las gracias, Carmín, por haberme quitado ese frío que calaba en mis plumas cuando el monstruo me congeló.

—Y yo he deseado dártelas a ti, colibrí, porque si no te hubiera conocido y no hubieras tomado aquella linda flor que la niña me mandó en esas aguas tan serenas, no habría caminado por este recorrido que tantas enseñanzas me ha dejado.

—¿Dices que la rosa te pertenecía Carmín?

—Sí.

—Lo siento, no lo sabía, de lo contrario no la hubiera tomado entre mi pico.

—Bueno, pensándolo detenidamente, si no la tuve entre mis manos, no era para mí colibrí.

—Tienes razón, Carmín… al principio, su belleza me cautivó y la tomé para adornar mi nido; luego, un día te escuché cuando decías que allí estaba la felicidad, fue cuando me propuse llevársela a los niños que por una u otra situación viven sin la alegría que debe de ser su perenne compañía.

—¿Te resultó?

—En algunas situaciones sí, en otras no.

—Entonces, valió la pena que lo hicieras.

—Creo que sí. Bueno, Carmín, he dejado a mis pichones sin comer…

—Llévales este pedazo de pan que tengo dentro de la bolsa de mi delantal, el que un pingüino me regaló y el que nunca se acabó.

—¿Hablas de mí? —dijo aquel personaje emplumado del laberinto de la indiferencia.

—Sí. ¿De dónde has salido, pingüino?

—Es que, te traigo un trozo más de buen pan, como se que te ha gustado tanto, pensé que puedas querer más.

—A ver, déjame probar. Este es igual al de mamá.

—Lo es.

—¿Y cómo adivinaste su sabor con tanta exactitud?

—Encontré una receta y, como horneo pan, me fui a buscar los ingredientes a una granja.

—¿Me puedes enseñar a elaborarlo?

—Levántate y vamos a mi casita-iglú, que todavía los ingredientes están frescos.

—¿Otra vez allí?

—Si nunca has llegado a visitarme…

—Claro que sí, te lo recordaré: fue una larga travesía por un río, en la que ni siquiera me hablaste y al llegar a aquel iglú me olvidaste…

—Yo nunca le haría eso a nadie y sobre todo sabiendo que constantemente has disfrutado de mi arte culinario.

—Bueno, un amigo me enseñó que lo único que existe es el momento presente, así que vamos a tu hogar.

Efectivamente, era la misma lancha, el mismo río, el mismo pingüino, aunque ahora conversaba amenamente a mi lado… y era el mismo iglú, con una diferencia en su interior. Su familia era muy atenta y su hoguera mantenía una temperatura perfecta, además de que era un pequeño y acogedor iglú. Su cocina era de leña y los ingredientes estaban sobrepuestos sobre una mesa, donde estaba la receta de mamá. La leímos detenidamente y notamos que no había ni una gota de limón, para seguirla al pié de la letra. Así fue cuando tomé entre mis manos una naranja, cuando lo hice, una voz interna me murmuró:

—La receta no lleva ni una pizca de jugo de naranja, no te quedará igual.

Sin embargo, con cuidado la tomé y al batir toda la mezcla, el extracto de naranja le agregué. Tracé con la fina pasta elaborada algunas formas de corazón, dibujé una cara muy sonriente, el pingüino hizo una rosa y yo un clavel, las había de forma de campana, de estrella, de mariposa y, cuando acabamos de trazar multivariados dibujos con la mezcla, empezaron en el horno a tomar aquel color... las sacamos con cuidado al cabo de un rato y las colocamos sobre una linda bandeja.

Sin probarlas, yo guardé en una caja a la rosa y al clavel, mientras el colibrí pronunció:

—Son las más ricas que he probado.

Cuando repentinamente vinieron mis amigos atraídos por su aroma y, mientras las saboreaban, tomé mi lazo mágico y coloqué en otra cajita a estrellas y mariposas y, con toda la fuerza de mi corazón, llegué a aquel lugar donde empecé a cantar y, cuando lo hice, salió Dan con un pequeñito bastón...

—¡Has regresado, Carmín!

Cuando le dije que sí, se empezó a desencorvar. Luego los tres cachorros bien crecidos llegaron a saludar:

—¡Guau, guau!

—¿Y Capitán? —les pregunté.

—Se ha ido a reunir con mis abuelos... —dijo aquel trío, y en ese mismo momento apliqué lo que aprendí:

—No existe la muerte, solo un cambio de lugar y, cuando decidamos viajar, allá nos esperarán.

Caminé hacia la puerta de mi cuarto y, al cantar, las voces que se escuchaban desde adentro dejaron de hablar... hubo un silencio total... toqué la puerta blanca con vidrios ahumados de cristal, respetando su privacidad y, al hacerlo, el ratón de cuerda me preguntó:

—¿Traes queso?

—No.

—Y, ¿a qué has venido esta vez? Te buscamos y dijeron que te fuiste corriendo con Capitán.

—Pero hoy sí voy a entrar.

—Si nosotros no te abrimos, no podrás...

—Ya lo verán.

—Ja, ja, ja —fueron las carcajadas que alcancé a escuchar...

Sin embargo, froté la cuarta llave:

—¿En qué te puedo ayudar?

—Necesito que abras poco a poco, y muy sutilmente el cuarto de mi infancia donde he sido tan feliz, donde abrazaré uno por uno a cada uno de mis grandes amigos, que se mueren por hacer lo mismo conmigo...

Y así fue.

Gradualmente fui viendo las lindas caras de expresión y de emoción de mis muñecas trenzadas; allí estaba Carbón, quien se lanzó a mis brazos y me lamió, el zompopo volador sin su ala rota llegó a posarse sobre mi hombro, mi pelota de baloncesto dio un enorme rebote de alegría cuando me vio y entonces todos juntos empezamos a entonar nuestra canción.

Me detuve un momento sonriendo con el retrato en el que mamá me cantaba frente a un lindo pastel de piano, en mi cumpleaños dieciséis. Reí con el abrazo de papá, el que enmarcado en mi mesita de noche, dentro de un lindo marco está; lo besé con ternura y lo volví a colocar. El baúl vino hacia mí y, al decir con toda fuerza ABRACADABRA, se abrió y me metí con todos ellos a saborear las galletas que a escondidas siempre solíamos disfrutar dentro de él...

—¡Valió la pena que te fueras a aprender nuevas recetas!

—¡Qué ricas saben!

Y entonces las muñecas se pusieron a bailar... Pasaron los minutos y nos actualizamos mutuamente, les narré del monstruo de hielo y se pusieron a temblar... fue cuando mi lamparita, la luciérnaga, llegó e iluminó aquel baúl.

—¡Gracias! Son muy miedosos —les dije yo.

—¿Y tú? —me interrogaron con voz casi afirmando; les contesté:

—Ya no.

Al cabo de largo rato escuché a la voz de Dan preguntar:

—¿Dónde te encuentras, Carmín? Te he buscado en todas partes, arriba del árbol de limón, he ido a la alacena, he visto sobre la escalera de caracol y yo le digo que aquí estás.

—¿A quién?

—A él.

—¿Y cómo se llama él?

—Tampoco sé.

—Dame algún distintivo o alguna característica para saber de quién se trata.

—Bueno, viste como marinero y en sus manos tiene una pequeña botella de cristal.

—¡No puede ser que sea él!

—¿Quién?

Todos dijeron al unísono, igual que lo hacían en aquel mundo donde aquellos hombrecitos alados vestidos de azul habían grabado una señal que en este momento utilizaré:

—Que disfrutes tu estancia.

Y es que si a cada momento de nuestras vidas no dejamos que interfieran otras voces, sabremos sentir a plenitud cada baúl donde nos encontraremos; de lo contrario, no sentiremos la sensación de cada lugar.

—Dan, por favor, dile que me disculpe, que estoy dentro del baúl con todos mis amigos, pero que pronto lo llegaré a visitar a alta mar.

—¿Y si no lo vuelves a ver?

—Entonces será que no debe de suceder.

—¿Quién te ha enseñado ese razonamiento, Carmín?

—Las experiencias de mi vida, Dan.

Y seguí gozando ese momento y experimentando ese sentimiento que me envolvía en una plena felicidad…

El reloj entonó su cucú marcando que era la hora de la cena; bajé a la cocina a cenar con Dan y con los hijitos de Capitán. Preparamos un potaje delicioso a base de verduras, de queso y de pan, mientras conversamos largas horas con ellos y con Dan. Nos cuestionamos sobre Rafael y Gabriel… acerca de mis amigos del vecindario, de Mariposa, a quien mañana iría a visitar, y de Carmelo y sus hermanitos los gemelos, a quienes iría a conocer. Les dije que iría a ver unos días a Bují, pero que le había dado dos señales para que me viniera a recoger y que en lugar de un prendedor de consciencia, como le había dicho que tendría, que tenía en la palma de mi mano la insignia de una estrella que un mago fantástico con un sello indeleble me marcó. Fue cuando Dan me ofreció hacer un lindo broche parecido al caballito que varias veces él vio entrar por la ventana de mi cuarto y, con lo hábil de sus manos, mientras conversábamos, fue diseñando mi nuevo prendedor. Cuando estuvo terminado ya de madrugada, lo puso al lado de mi corazón y, al solo hacerlo, como por arte de magia brilló. Le di un beso de buenas noches a mi amigo del alma y me fui al cuarto de papá y de mamá, porque si no podría despertar a mis amigos que quizás soñaban con una y otra ilusión…

Estaba serenamente recostada sobre las suaves almohadas de papá, cuando mi corazón pidió la presencia de Bují. Coloqué mis dedos simulando ser antenas y, a los segundos, un tubo de grandes ojos color cuarzo me miró por el cristal de la ventana. Me preguntó si era la misma Carmín, la que había visitado varias veces su galaxia y yo dije: «Sí», pero cuando puso un detector, me dijo:

—No usas delantal y, además, tienes grabada una estrella en tu palma….

Cuando Bují lo interrumpió:

—Carmín ha cambiado varias cosas de su vida, pero en esencia es la misma niña que venía a jugar conmigo al lado.

—Pero se está haciendo adulta y la mayoría de ellos en el planeta Tierra han perdido la imaginación y, sin ella, no pueden entrar a nuestro hogar. Además, sin la alegría que derrama la niñez, ningún ser puede pisar nuestro impecable firmamento.

—Señor telescopio de cuarzo, aunque he crecido algunos centímetros y años, la niña que llevo dentro de mí ha revivido

con mayor fuerza y nunca estaría dispuesta a renunciar a la inmensa alegría que me produce andar a su lado. Le prometo que, aunque crezca, nunca dejaré a un lado la compañía de mi niñez y que toda mi vida creeré en ustedes, quienes eternamente serán mis grandes amigos intergalácticos.

—Una promesa no se rompe nunca, así que creemos en ti, súbete y vamos hacia el firmamento, Carmín.

Y así volví a ese grandioso universo… saludé a la luna, hablé con mi amiga la estrella, vi cómo Merlín descansa al lado de la esfera de cristal con algunos destellos de los rayos de plata que él le lanza. Retocé con las Siete Cabritas y llamé a Saturno, con quien jugué al hula hula y Bují gozó de vernos dar mil vueltas en la misma dirección de las agujas del reloj… hasta que entramos donde reina la Osa Mayor. «¡Gracias por recibirme en su hogar, señora constelación!».

—Me da gusto verte de nuevo entre nosotros, Carmín. He seguido tu vida por medio de las huellas que ha registrado el infinito universo y tengo para ti grabado un cristal con unas notas que debo de leerte, y no hay duda de que este es el momento para hacerlo. Abre tu alma y cierra tus ojos. Concéntrate en la energía que lleva cada nota que te envían…

—¿Quiénes?

—Escucha sin preguntar.

—Estoy lista, señora Osa Mayor… ya abrí mi corazón.

«Nuestra amada Carmín:

Has aprendido a volar, sin necesitar de alas para poderlo realizar. Has navegado con los delfines sin mojarte la piel. Has superado los miedos de los canguros de mirada esmeralda. Has desistido de colgar de las dos patas al colibrí y has recurrido al sentimiento del perdón, agradeciéndole por sus maravillosas enseñanzas. Te has fusionado con Miel y con los sentimientos nobles de los bosques, del Everest, de los moais, de los Andes y con los de tus juguetes... Le has ayudado al príncipe de la felicidad a recuperar su trono, desde donde ilumina a la niñez y a la adultez que vibra con la luz de la consciencia. Le has ayudado al monstruo y no lo has querido asesinar. Crees que Capitán no ha muerto y que nosotros estamos vivos... Gracias por tu fe, por amarnos tanto, por tener abierto el corazón y por recibir en cada momento presente condensado en este pequeño cristal el profundo y eterno amor de papá y de mamá».

Carmín lloró y Merlín se despertó. Voló hacia ella para envolverla en una colcha sutil de nubes y de estrellas… y en la casa de su infancia, cuando el sol alumbró, al notar que ella dormía sobre la colcha de papá y de mamá, sus juguetes le llevaron un trozo de buen pan con mantequilla de maní y Dan le preparó la mermelada de naranja para que empezara un nuevo día, tratada con el inmenso cariño que todos le tenían. Carmín se despertó inmensamente feliz, lucía en su cuello un listón transparente, del que pendía un cristal.

—Has dormido largo rato —dijo Dan.

—No dormía —ella contestó.

—Y entonces, ¿qué hacías?

—Vivía.

—¿Y qué haces hoy?

—Vivir a plenitud cada momento de mi vida.

Noté que tenía conmigo una llave dorada, mis amigos vieron cómo la frotaba…

—¿Qué quieres? —le dijo la llave encantada.

—Viajar hacia el barco en el que he navegado durante tantos años…

—Que lo disfrutes —dijeron sus buenos amigos.

—Los vendré a ver cada día cuando salga el sol y jugaremos como lo hicimos ayer y hoy, y cada día les traeré una prenda del mar; a veces podrá ser un caracol, o quizás vendré con una sirena que teje muy lindas pulseras.

—¡Qué alegre! —dijeron sus lindas muñecas.

—¿Podremos ir a flotar al azul océano? —con cierto miedo maulló Carbón.

—Claro que los llevaré a navegar el ancho mar y a ti te pondré un flotador, sobre el que te deslizarás.

—¡Hasta mañana, Carmín!

—Hasta mañana a la hora del prana y, por favor, Dan, prepara la misma mermelada de naranja…

Y él, con un rostro pleno de alegría, le dijo:

—Manãna cuando vengas, ya estará lista.

Carmín está a punto de partir, pero, antes de hacerlo, desea pedirte que leas las últimas páginas de su libro invisible a todos… menos a ti.

«S. F. En mi hogar y rumbo hacia el mar.

A ti, que me has acompañado por tantos caminos de este largo laberinto donde hemos aprendido tantas lecciones, te escribo esta nota porque quiero que seas mi confidente ahora. Mientras vuelo al lado de mi lazo mágico, cierro mis ojos y abro mi corazón para dirigirme hacia la cubierta del buque que me ha llevado a encontrarme con una parte importante de mi felicidad, pero, antes de arribar en él, deseo conversar a solas contigo.

Te confieso que llevo en mi mochila la rosa y el clavel que horneé, por si surge un momento especial para poderlas departir con él, pero que voy preparada, por si no lo encuentro, para degustar su sabroso sabor a naranja con aquellos amigos acróbatas —por si lo has olvidado—, quienes roncan abriendo un ojo de par en par...

En relación a la rosa que aparece en varios caminos de mi laberinto, puede tener mil significados, pero lo importante es que encuentres

con ella el que representa algo muy importante para ti y que tengas claro que, por andar atrás de ella, a veces perdemos de vista al seto de claveles que está al alcance de nuestras manos, no visualizamos a los tulipanes, a las hortensias, en fin, a la naturaleza entera que nos rodea.

Sobre Buji, tú puedes creer en él o no hacerlo; sin embargo, no te dejes influenciar por las sugerencias de los otros. Escucha tu propia vibración, al hacerlo notarás su diferencia, es abismal y genera una sensación de mayor libertad.

Si así lo decides, puedes perdonar al colibrí. Si verdaderamente lo haces, te encontrarás con un estadio de paz y, pese a todo lo que nos pasó por andar atrás de él, a las caídas y a los porrazos que nos hicimos, lo mejor, te lo aseguro, es que lo dejemos ir... Agradécele lo que te hizo reafirmar, que para ser feliz no es necesario de alguien más, lo que te afirmo mil veces y a ti te puedo comentar, esta es una experiencia muy personal.

Que aunque hayas dejado tu niñez, nunca la relegues a un segundo plano. Camina con ella a tu paso, escúchala siempre y deja que ande descalza, que acaricie el pasto, que juegue con Dan y que prepare el pan con mantequilla de maní que la harán gozar. Y no olvides llevarle su pelota para

CLAUDIA LLERENA

DEL LABERINTO A LA FELICIDAD
EN *Carmín*

jugar de cachar con los seres que habitan en ese inmenso espacio sideral.

Luego te cuento si bailé con Alejandro o si me fui a nadar hacia las profundidades del mar, pero con cualquiera de las dos situaciones, recuerda que el momento presente es todo lo que tenemos, y que merecemos ser felices.

Gracias por acompañarme en este grandioso laberinto.

Afectuosamente,
Carmín».

Carmín se sitúa frente a un copioso laberinto, el que aparece intempestivamente frente a sus ojos. Al adentrarse en él, la puerta para escapar ha desaparecido de forma repentina. Internada en su propio recorrido, solo le importa AQUEL que se ha llevado lo que le pertenece y, por recuperarlo, afronta mundos y viaja al lado de su lazo mágico, hacia lugares donde le pregunta al señor moai, a Miel y a Capitán si es allí donde la podrá encontrar...

Dice Carmín que dentro de este libro hay una rosa para ti, que la hizo ella para que la tengas presente. Para que recuerdes que encierra un misterio que has de saber usar y puedas así con facilidad atravesar ese muro de bejucos que es tan difícil traspasar.